漫漫古典情

樸月 著

目次

春之卷

夏之卷

秋之卷

冬之卷

春之卷

爆竹一聲除舊，桃符萬戶更新。

爆竹一聲除舊，桃符萬戶更新，履端是初一元旦，人日是初七靈辰。（節錄）

——幼學故事瓊林

相傳，惡鬼最怕巨響。聰明的古人，就用燃燒竹子來製造巨響以驅鬼。

相傳，鬱壘、神荼兩位神祇，是鬼界的執法者，鬼若行凶作惡，就會被他們抓起來去餵老虎。而桃木，又有辟邪的作用。因此，古人把鬱壘、神荼的神像，刻在桃木板上，掛在門口，讓惡鬼不敢進門。

如今，迷信的色彩，已逐漸褪色。這種習俗，卻流傳了下來，給新年帶來熱鬧的氣氛，嶄新的氣象。

爆竹，在燃放之後，只剩下殘碎的紙屑，就像消失的時光。時光不能倒流，就讓它過去吧，不必眷戀，也不必後悔。而新貼的桃符，象徵新的一年，剛剛展開。把握這新的契機，開創新局以迎新歲，才不致使爆竹、桃符流於「應景」而已。

自歌自舞自開懷，且喜無拘無礙。

日日深杯酒滿，朝朝小圃花開，自歌自舞自開懷，且喜無
拘無礙。
青史幾番春夢，紅塵多少奇才，不須計較與安排，領取而
今現在。

——宋・朱敦儒　西江月

　　人生是苦，是甘，是悲，是喜，常取決於一念之間；
你可以鑽牛角尖，怨天尤人，永遠把目光放在欠缺的那一點
上，嫉妒懷恨。永遠自我中心，覺得處處荊棘，事事拂逆，
永遠不滿足、不快樂。也可以豁達開朗，知足常樂，與人為
善，淡泊閒適。對世界、對人不苛求，對自己也只盡心而
已，心境一片風清月朗，海闊天空。比較起來，前者可能聰
明，後者才稱得上智慧。

　　這一種智慧，基於性情，也需要修養。更重要的，它並
不是頹廢消極，而是達觀開闊。

未若柳絮因風起

謝太傅寒雪日內集，與兒女講論文義。俄而雪驟，公欣然曰：
「白雪紛紛何所似？」兄子胡兒曰：「撒鹽空中差可擬。」兄
女曰：「未若柳絮因風起。」公大笑樂。（節錄）

——晉・謝道韞　詠雪

　　《世說新語》中記載，謝安在下雪天，帶著子姪們讀
經講解。忽然雪下大了，他隨口問：「白雪紛紛何所似？」
他哥哥的兒子謝朗說：「撒鹽空中差可擬。」姪女謝道韞則
答：「未若柳絮因風起。」謝安為之欣然大笑。這也是後人
稱才女為「詠絮之才」的原因。

　　聯想力，是文學的條件之一；同樣的景物，落在不同人
的眼中，就有不同的聯想。在這一則故事中，謝朗所形容的
並不算差。但比起謝道韞，就顯得平俗無奇。缺少「柳絮因
風起」所表現的美感與生動。

盡日尋春不見春，芒鞋踏破嶺頭雲。

盡日尋春不見春，芒鞋踏破嶺頭雲。歸來笑拈梅花嗅，春在枝
頭已十分。

—— 鶴林玉露

任何一種成功，都不是偶然的。除了努力，還要有時間
去累積、去完成。

而在人的天性上，又往往對自己擁有的，視而不見，卻
努力去追求得不到的。總以為，得不到的，才是最好的。於
是，許多人雄心萬丈，不惜離鄉背井，也要去追尋那遙掛在
天際的夢。

經歷了千辛萬苦，驀然回首，卻發現，也許是水到渠
成，時間，已把成果醞釀成熟；也許根本上，所追求的，就
是原本擁有，而未加珍惜的。

但，這一番追尋，也不是全然白費；若沒有這一番過
程，也許，人永遠也學不會珍惜呢！

梅須遜雪三分白，雪卻輸梅一段香。

梅雪爭春未肯降，騷人擱筆費評章；梅須遜雪三分白，雪卻輸梅一段香。

——宋・盧梅坡　雪梅

　　開在嚴冬的梅花，和皚皚白雪，是「絕配」的美景，沒有梅花，雪地就少了盎然生意，寂寞而單調。沒有白雪陪襯，又如何能襯托出梅花高潔、堅忍的冰姿傲骨來？

　　詩人，把梅花和雪擬人化，想像成兩個相互不服輸的人，由詩人來仲裁。詩人的結論是：雪比梅白，梅比雪香。換言之，各有各的長處，不分高下。

　　人與人之間，不常也有類似的情況嗎？有些人，天生好強，總希望自己比別人好，贏過別人。但，那有包辦天下所有第一的事呢？你有你的好，別人也有別人的好。嫉妒、不能容人，只能證明自己心胸狹窄，不僅令人厭惡，自己也不快樂。何如肯定自己，也欣賞別人？正如盧梅坡第二首雪梅詩：「有梅無雪不精神，有雪無詩俗了人。日暮詩成天又雪，與梅并作十分春。」

身世石中敲火，富貴草頭垂露。

殘臘卷愁去，春至莫聞愁，榮枯會有成說，無處著機謀。身世
石中敲火，富貴草頭垂露，何用苦貪求，三尺布衣劍，千載赤
松遊。

憶親朋，方艸角，總白頭。羊腸世路巇崿，莫莫且休休。選甚
范侯高爵，遮莫陶公鉅產，爭似五湖舟。萬事付蝸角，止坎謾
乘流。

——宋‧劉清夫　水調歌頭

　　人生在世，必須要執著，以求完成自我。也必須要淡
泊，以免陷於功利，終日汲汲營營，迷失在虛幻浮華中。一
個人，在年輕的時候，不太容易自省。到了中年，驀然回
首，往往會頓悟人生的無常和富貴的空幻。對整個永恆而
言，人便活了一百年，也不過像打火石擊出的一閃即滅的火
花。而榮華富貴，對整個生命價值而言，又有什麼意義？人
格，與富貴無關；修養，與富貴無關。人世可貴的一切，豈
富貴所能換取？而且，生不帶來，死不帶去。彷彿是草葉尖
上一滴露，不滴於泥土，便乾於朝陽，如此一念之悟，頓然
心平氣和，有什麼看不開、放不下的？

倚東風，一笑嫣然，轉盼萬花羞落。

雁霜寒透幕，正護月雲輕，嫩冰猶薄。溪奩照梳掠，想含香弄粉，靚妝難學。玉肌瘦弱，更重重，龍綃襯著，倚東風。一笑嫣然，轉盼萬花羞落。

寂寞，家山何在，雪後園林，水邊樓閣。瑤池舊約，鱗鴻更仗誰託。粉蝶兒只解，尋桃覓柳，開遍南枝未覺。但傷心，冷落黃昏，數聲畫角。

——宋・辛棄疾　瑞鶴仙

　　在四季分明的地方，雖然過了春節，天氣還是酷冷嚴寒的。所有的花卉，都畏寒沉睡，只有梅花，獨佔先春，最先感受到陽和之氣，嫣然展放。詩人，不說她先開，卻說她的清麗、高潔、孤傲、絕俗……使其他的凡花俗卉因自慚形穢，而「羞落」。這自然是詩人的修辭技巧，但，梅花的確也是當之無愧的。

　　梅花的品格，一向為中國士人所認同、欽慕。在詠梅時，不僅歌頌梅花，同時，也加入了自我的期許與投影，這正是詩人氣節風骨之所繫，對梅花情有獨鍾，已超過對「花」的喜愛，更把她當成滔滔濁世中的知己呢！

南去北來何事？蕩湘雲楚水，目極傷心。

古城陰，有官梅幾許，紅萼未宜簪。池面冰膠，牆腰雪老，雲意還又沉沉。翠藤共、閒穿徑竹，漸笑語驚起臥沙禽。野老林泉，故王臺榭，呼喚登臨。

南去北來何事，蕩湘雲楚水，目極傷心。朱戶黏雞，金盤簇燕，空嘆時序侵尋。記曾共、西樓雅集，想垂楊還裊萬絲金，待得歸鞍到時，只怕春深。

——宋·姜夔　一萼紅

春之卷·23

　　「年」，是團聚的日子，在家中與家人團圓的人，不大能夠體會遊宦在外，沒有歸屬的心情。詩人，在「人日」——正月初七那一天，登上高臺，看到飄泊浮雲，潺湲流水，感傷自己，也和浮雲、流水一樣，離開了山岫，離開了源頭，離開了生長的家鄉，似乎愈行愈遠，回不去了……

　　看到當地人家的種種應節習俗，與家鄉相似。而昔日的文會雅集，如今風流雲散，又怎能不感慨萬端？

殘臘迎春，一夜花開早。

雪霽花梢春欲到，殘臘迎春，一夜花開早。青帝回輿雲縹緲，
鮮鮮金雀來飛繞。

繡閣紗窗人窈窕，翠縷紅絲，鬥翦幡兒小。戴在花枝爭笑道，
願人長共春難老。

——宋·王安中　蝶戀花

迎春花，是二十四花信中，「立春」第一候的花卉。
節氣進入立春，春的氣息，便一天天的濃厚了。所以，「迎
春」之名，是「名不虛傳」的。

冬、春交替，蕭瑟的殘冬猶存，而春天的氣息，也逐
漸萌生。就在這時，金色的迎春花，一簇簇的盛開，使人眼
目為之一亮，彷彿看見一個嶄新的黃金歲月，在眼前迤邐展
開，這一種對人心的振奮，「一年之計在於春」的意念，亦
油然而生；也許，你真可以有一個「黃金歲月」，如果，你
努力！

古代閨中女子，用彩紙彩線，做成迎春幡掛上枝頭迎
春，也基於這種歡悅、憧憬的心情吧！

仰不愧於天，俯不怍於人。

孟子曰：「君子有三樂，而王天下不與焉。父母俱存，兄弟無故，一樂也。仰不愧於天，俯不怍於人，二樂也。得天下英才而教育之，三樂也。……」（節錄）

——戰國・孟子　盡心篇

有句俗話：「日間不作虧心事，夜半不怕鬼敲門。」又說：「舉頭三尺有神明。」人，欺人容易，欺心難；欺心容易，欺天地鬼神難。不管那一種宗教，人們所祈求的主要項目，常是「平安」。廣義來說，「平安」不僅是身體的無災無病，更是心靈的平靜坦然；心靈不能平安，痛苦折磨比身體的病痛更甚百倍。

而心靈的平安，既無關神佛保佑，也不是金錢權勢所能給予。完全在於人類自己所言，所行，所做，所為，是否能坦然無愧的面對天地、面對眾生。儘管在表面上，人可以矯飾辯解，假仁假義。但，心中難免有「不安」的種子作祟，所謂「疑心生暗鬼」。心中有疑懼，又如何平安？反之，一心無愧，縱受屈於一時，終必昂然卓立於天地間。

非人磨墨墨磨人

世間有癖念誰無？傾身障篋尤堪鄙。一生當著幾兩屐，定心肯
為微物起；此墨足支三十年，但恐風霜侵髮齒，非人磨墨墨磨
人，餅應未磬罍先恥……（節錄）

——宋·蘇軾　次韻答舒教授觀余所藏墨

　　「收藏」，是許多人都有的習性，雖然，所收集珍藏
的對象不同，但對於收藏的狂熱則一；對於自己這一份愛
好，投入的時間、心力，往往無法計算，依然是樂此不疲。
即使是雅士高人，也很難逃這一陷阱，他們淡泊名利，絕不
做「金錢的奴隸」。但卻往往做了自己收藏物的奴隸而不自
知。

　　蘇軾喜愛的收藏物是「墨」，他自稱擁有上好的墨七十
餘挺，夠他用三十年。一見佳墨，仍不禁心動。他有兩個朋
友，與他同好，一個是珍藏寶墨，不許人磨；一個是收集
寶墨，到處掠奪。後來，前一位死了，墨落他人手。後一位
懸墨滿堂，成為另一形式的「守財奴」。他不由自省感悟：
墨，本是給人磨的，墨，不同時也在磨人嗎？用的話，還彼
此相抵，像這樣的收藏癖，那完全是人被墨磨……

試燈無意思，踏雪沒心情。

庭院深深深幾許，雲窗霧閣常扃。柳梢梅萼漸分明，春歸秣陵樹，人老建康城。

感月吟風多少事，如今老去無成。誰憐憔悴更凋零，試燈無意思，踏雪沒心情。

——宋·李清照　臨江仙

　　上元，俗稱元宵節，又稱「燈節」，家家戶戶都要點花燈應景，把新春的熱鬧，推向頂峰。在古老的傳統中，過完了元宵——熱鬧氣氛要持續好幾天，有些地方，十一日上燈，十九日落燈。有些地方，十三日上燈，二十一日落燈——「年」，才算過完。正月十五，當然是正日子。在正日子登場之前，十四日，叫「試燈」，各家各戶，尤其是繁華熱鬧的街市，就已火樹銀花，燈輝燭耀，熱鬧非凡了。

　　但，湊熱鬧，也得有湊熱鬧的心情。如果，心情不好，意態闌珊，一切的熱鬧，非但不能增添喜悅，反而更觸景生情，倍增感傷。隨宋室南渡的李清照，就如此的直抒著因家國之恨，在應該歡悅的「試燈」日的感懷。

眾裡尋他千百度，驀然回首，那人卻在燈火闌珊處。

東風夜放花千樹，更吹落、星如雨。寶馬雕車香滿路，鳳簫聲動，玉壺光轉，一夜魚龍舞。

蛾兒雪柳黃金縷，笑語盈盈暗香去。眾裡尋他千百度，驀然回首，那人卻在燈火闌珊處。

——宋・辛棄疾　青玉案

　　「在茫茫人海中，尋找我心靈的伴侶」。天下，愈是完美的人、事、物，愈是難得、稀有、珍貴。愈是崇高的境界，追尋的路途，愈是崎嶇坎坷，荊棘叢生。一個人的美醜，來自先天，但賢愚，必無天生，一定是後天自我的淬煉；你要吃得苦中苦，成為人上人，還是甘於平凡庸俗，碌碌此生？所謂「他」、「那人」，不一定實指。

　　完美的追尋，路途幾乎是漫無止境的，也常是孤孑寂寞的，即使在人群中，人海茫茫，那都只是擦肩交臂而過的人類，不是心靈相屬的知音。

　　然後，有一天，心裡有著微妙的悸動，緩緩回頭，那兒，有一雙值得你所有千辛萬苦代價的盈盈眸光，正向你深情的凝視。

　　王國維以此為人生的第三境界，正是智者之見。

換我心，為你心，始知相憶深。

永夜拋人何處去？絕來音。香閣掩，眉斂，月將沉。爭忍不相
尋，怨孤衾。換我心，為你心，始知相憶深。

——五代·顧敻　訴衷情

　　愛情，是甜美的；愛情，是苦澀的。兩情相悅，是愛情
的完美，愛人，而不被愛呢？愛人，而山隔水阻呢？

　　情絲纏繞，作繭自縛，癡心的等過一個又一個漫漫長
夜，等那不願、不肯絕望的希望。

　　這其中的幽怨、哀傷、寂寞、掙扎，無悔的深情，纏綿
的思憶，要怎樣才能使那個感覺都沒有的人知道呢？

　　除非……把這一顆心換給他，讓他親自體驗了，才會知
道這一份情有多深，憶，有多深……

　　一篇癡情的自白，也為天下深閨的怨女，樓頭的思婦，
道盡了辛酸吧！

問渠那得清如許，為有源頭活水來。

半畝方塘一鑑開，天光雲影共徘徊，問渠那得清如許，為有源
頭活水來。

——宋・朱熹　觀書有感

　　一泓清池，所以能維持清澈的原因，一方面，固然須
要人的維護，不隨意污染。更重要的，必須不斷有清泉的注
入，否則，即使不乾涸，也很容易混濁，蚊蚋叢生，不復清
澈可人。

　　讀書，做人也是一樣，如果不能不斷吸收新知，思考、
突破，人也很容易退化、頑冥，不復能保持頭腦的清明與睿
智。古人有句俗話：「三日不讀書，便覺面目可憎，言語無
味。」豈不就如一灘混濁的死水一樣？因為，讀書，是吸收
知識，提升自我、修養、涵容的途徑，也是人智慧和靈感的
泉源。一旦泉源枯竭，人便不能再有所進步。尤其現代，更
有被時代所淘汰的危險，能不時時警惕嗎？

月上柳梢頭，人約黃昏後。

去年元夜時，花市燈如畫，月上柳梢頭，人約黃昏後。今年元夜時，月與燈依舊，不見去年人，淚濕春衫袖。

——宋・歐陽修　生查子

中國，沒有正式的「情人節」，但，有好幾個非正式的情人節。其實，七夕並不算，因為那是完全屬於女子的活動，有情人也只能相思，未必能相約、相會。最宜於「約會」的日子，是上元；燈月交輝，人月團圓。也只有這一夜，沒有宵禁。而且，閨中女子也可以在家人陪伴，或彼此結伴的走出閨門，出來賞燈遊街。

能出來，就有機會，在人群推擠中離群，在黑夜掩護下相會，一訴相思，一譜戀曲。

柳梢頭是明月團圓，柳樹下是情人相會，襯上暮色、燈影，真是一幅美麗的圖畫！

這闋詞，一說，作者是女詞人朱淑貞，依唐圭璋《宋詞互見考》，歸於歐陽修。

雲霞出海曙，梅柳渡江春。

獨有宦遊人，偏驚物候新。雲霞出海曙，梅柳渡江春。淑氣催黃鳥，晴光轉綠蘋。忽聞歌古調，歸思欲霑巾。

——唐・杜審言　和晉陵陸丞早春遊望

太陽，每天升起，但，看日出，宜山巔，宜海濱。黎明到日出的那一段時間，滿天的雲霞，繽紛弄影，極盡瑰麗燦爛之美，雲霞，本是日出的前奏呢。

而春天呢，首先感應的植物，就是梅花和柳樹。經過一整個冬季的枯槁，彷彿了無生機，只剩下枯幹枯枝的梅和柳，一經南方陽和之氣的感染，梅花馬上繁花滿樹，柳樹也立刻催長細嫩纖長的柳條，準備以嶄新的面貌，迎接自南方渡江而來的春天。

清晨、新春，當然都是極其美好的。但，在獨自宦遊在外的人眼中，卻不免引動思鄉之情吧？杜審言這一首詩，結於感傷的鄉思。但，把這一聯獨立抽出，卻洋溢著朝氣，很適合作春聯呢！

一死一生，乃知交情。

一死一生，乃知交情，一貧一富，乃知交態，一貴一賤，交情乃見。（節錄）

——漢‧司馬遷　史記

　　人與人之間的友誼交情，在平時，不大容易看出深淺真偽。尤其，水準相當，興趣相當，生活層次相當的人，很容易因這些表面因素，結為朋友，乃至好友，以為可以推心置腹，無所不談。但，一旦這一種「均勢」打破了，面臨巨變，是否仍能維持友誼，便只有存疑。

　　真正的生死之交，不是憑一時血氣之勇，去報仇拚命，而是如何讓死去的朋友安心瞑目，如「趙氏孤兒」中，以己子易孤兒，忍辱撫孤的程嬰；是在生死之際，不離不棄，當賊破城，猶守護病友不肯棄之而去的荀巨伯；是義之所趨，不避嫌疑，捨死忘生，如為秋瑾烈士收斂屍骨葬之鑑湖的吳芝瑛……

春風又綠江南岸

京口瓜洲一水間，鍾山只隔數重山。春風又綠江南岸，明月何時照我還。

——宋·王安石　泊船瓜洲

「花」，被許多人視為春天的象徵。的確，春天來了，萬紫千紅，繁花如錦，的確是春的具象。但，花，仍有許多限制；開得慢，凋得快，而且，並不普及。若論起持久且普及，無所不在的，恐怕，花不如草了。

不是嗎？整個冬天都灰褐光禿，彷彿生機泯滅的大地，春風一吹，彷彿眨眼間，就鋪上了一層綠色的青嫩草芽。生長既快，鋪展更速度驚人，不一會兒，世界就像潑了一層綠漆，一片生機暢旺的油綠。萬紫千紅，還得先等這一片綠色背景完成之後才上場呢。「綠」，才真正是足以代表「春」的顏色。怪不得講究修辭的王安石，左挑右揀，刪掉了「到」、「過」、「滿」、「入」等字，最後才以「綠」定稿。一個「又」字，又表達了多少無奈呵。

事無不可對人言

……光嘗語人曰：「吾無過人者，但平生所為，未嘗有不可對人言者。」（節錄）

——宋史‧司馬光傳

　　人人都知道，「誠實」，是一種美德。也都知道，說謊是不應該的，而且，常要擔心「穿幫」，十分累人。若做了「不可坦誠告人」的事，心理上更承受著無比的壓力，深恐為人窺破，人格破產。

　　但，又有多少人能做到不說謊、不隱匿，完完全全光明磊落呢？有些人因著無心之失，尚情有可原。有些人則根本欺心、昧心，見不得人，那更是不可恕了。

　　雖不能至，心嚮往之！那一份光明磊落的坦然，不僅可羨，更是可敬！世人能做到這一點的，真如鳳毛麟角。也因此，宋代名臣司馬光，更令人由衷欽仰。

閒來寫就青山賣，不使人間造業錢。

不煉金丹不坐禪，不為商賈不耕田，閒來寫就青山賣，不使人
間造業錢。

—— 明・唐寅　言志

　　有人說，「金錢是萬惡之源」，的確可信。人類犯罪，
大概至少百分之八十，與錢財有關。「人為財死」、「匹夫
無罪，懷璧其罪」、「有錢能使鬼推磨」……在在說明了金
錢的魔力可怕。「人性本貪」，恐怕真是一針見血之論。貪
念一起，惡向膽邊生，於是不擇手段明爭暗奪，誣害構陷，
世界再無安寧之日。人與人間，也因之猜忌疑懼，失去了信
任與和諧。

　　可是，「錢」又為人生活所必需，否則便有凍餒之憂。
為了不陷於製造罪孽的因果循環中，賺心安理得的乾淨錢是
第一要務。因此，擅長繪畫的唐伯虎自白：絕不賺「不義之
財」，為自己增添罪業。而寧可用畫筆畫下的青山來換取酬
勞。這一份淡泊高潔，值得欽仰。

今年花勝去年紅，可惜明年花更好，知與誰同？

把酒祝東風，且共從容。垂楊紫陌洛城東，總是當時攜手處，遊遍芳叢。

聚散苦匆匆，此恨無窮。今年花勝去年紅，可惜明年花更好，知與誰同？

——宋・歐陽修　浪淘沙

花，是每一年都按時令開放的。可是，賞花的人呢？在這一方面，恐怕是人不如花；花，雖然容易凋萎，可是一年年到了時候，又會毫不遜色，而且可能因茁壯而開得更盛、更美。人，卻是一年年走向衰老、憔悴、凋零。不僅如此，人，還有離合聚散的種種身不由已。誰也不敢保證，今年一同賞花的人，明年還能無恙，還能重聚一處賞花。

在歷經人事滄桑，進入中年的人，對未來更是不肯定了；去年一同賞花的人，今年已不在身邊了。那，明年呢？

春衫猶是，小蠻針線，曾濕西湖雨。

三年枕上吳中路，遣黃犬，隨君去。若到松江呼小渡，莫驚鴛鴦。四橋盡是，老子經行處。

輞川圖上看春暮，常記高人右丞句。作簡歸期天定許，春衫猶是，小蠻針線，曾濕西湖雨。

——宋・蘇軾　青玉案

西湖八景之一的「蘇堤春曉」，是蘇軾守杭時的一項水利工程。堤，是疏濬西湖淤塞的污泥堆成的。有一位「水利工程專家」蘇堅從吳中到杭州來協助蘇軾，直到三年後，工程完成，他才回吳中去。青玉案，是蘇軾為蘇堅送行時作的。詞中，託蘇堅帶了幾句話，給一位紅顏知己——詞中的「小蠻」。

小蠻，曾經親手縫了一件衣服送蘇軾。蘇軾要蘇堅告訴她，如今，他身上穿的，還是她為他縫製的那件衣服。衣服，當然舊了，因為，在西湖上，曾經淋濕過。

縫衣，是小蠻對蘇軾的深情。隨時穿在身上，卻是蘇軾對這份深情的真摯回報。也唯有這樣，才真不辜負小蠻縫衣的深情呵！後人評此語奇清絕艷，主要還是深情。

池塘生春草，園柳變鳴禽。

潛虯媚幽姿，飛鴻響遠音。薄霄愧雲浮，棲川怍淵沈。進德智
所拙，退耕力不任。徇祿反窮海，臥痾對空林。衾枕昧節候，
褰開暫窺臨。傾耳聆波瀾，舉目眺嶇嶔。初景革緒風，新陽改
故陰。池塘生春草，園柳變鳴禽。祁祁傷豳歌，萋萋感楚吟。
索居易永久，離群難處心。持操豈獨古，無悶徵在今。

——晉・謝靈運　登池上樓

春之卷・39

　　許多人，以為「詩」是修辭的極致，以雕琢為美。可是
實際上，最成功的詩句卻往往採擷自大自然，順手拈來，便
鮮活生動，宛如天成。

　　謝靈運最為人稱道的這兩句詩，就可以說是取材於大
自然的絕佳例子，沒有一點人工雕琢的斧鑿痕；春天來了，
池塘裡的草，滋長生發。園林中的柳樹上，響起了清脆宛轉
的鳥鳴。這景象，人人熟悉，白描得像口語。而它的可貴，
也在於此。歷來的評價之高，更遠勝別人嘔心瀝血的雕琢美
文。自然就是美，這兩句話做了最好的詮釋。

江上柳如煙，雁飛殘月天。

水精簾裡玻璃枕，暖香惹夢鴛鴦錦。江上柳如煙，雁飛殘
月天。

藕絲秋色淺，人勝參差剪。雙鬢隔香紅，玉釵頭上風。

——唐・溫庭筠　菩薩蠻

　　美，有許多種。有些美，並不具什麼意義，只是呈現出
一種唯美的意象與情境，便深深的打動了人的愛美之心；不
論男女，愛美，都是天性。

　　這兩句話，便是這一種「唯美」的代表。集合了一些
迷離如夢、朦朧似詩的景象，複合成一幅極具詩意的圖畫：
柳，是煙柳，月，是殘月。江水，是背景，也是配樂，雁，
在月影中孤飛，美得含蓄脫俗，又帶著幾許寂寞淒清。它不
具有意義，美，就是它最大的意義。

身無彩鳳雙飛翼，心有靈犀一點通。

昨夜星辰昨夜風，畫樓西畔桂堂東。身無彩鳳雙飛翼，心有靈
犀一點通。隔座送鉤春酒暖，分曹射覆蠟燈紅。嗟余聽鼓應官
去，走馬蘭臺類轉蓬。

——唐・李商隱　無題

　　唐代，雖然已算是風氣比較開放的朝代，但較高階層社
會中，男女之間的禮防，仍是相當的森嚴。即使是「通家之
好」，有相見，甚至同席歡宴、玩樂的機會，卻仍很難有私
下互訴衷曲的機會。

　　於是，詩人不禁怨嘆，自己不能有一雙彩鳳的翅膀，飛
到伊人身邊去，只有彼此心犀相通，雖然不能互訴衷曲，卻
仍然兩心相印。在酒宴上，能不時的交換著目光，直透彼此
心底，品味著彼此苦澀又甜美，深摯又無奈的款款深情。

風雨如晦，雞鳴不已，既見君子，云胡不喜。

風雨淒淒，雞鳴喈喈，既見君子，云胡不夷？

風雨瀟瀟，雞鳴膠膠，既見君子，云胡不瘳？

風雨如晦，雞鳴不已，既見君子，云胡不喜？

——詩經・鄭風　風雨

　　漫長的黑夜，風雨交加，天昏地暗。這樣的景象，對一個孤單的人來說，是多麼的難熬；恐怖、憂懼、驚惶、無助，黑夜不知何時才到盡頭。

　　然後，忽然雞叫了，此起彼落，劃破了黑暗，帶來了光明的希望——雞叫了，天快亮了，黑夜即將消失。風雨縱未停歇，對人來說，也就不那麼可怕了。

　　就在這時候，久等不來的人，也來到了，一切的憂慮，頓然一掃而空，還有什麼可憂呢？又怎能不歡喜呢？

　　直到現在，「風雨如晦，雞鳴不已」仍一直被引用著，象徵對光明的無限喜悅與希望。

青箬笠，綠蓑衣，斜風細雨不須歸。

西塞山前白鷺飛，桃花流水鱖魚肥。青箬笠，綠蓑衣，斜風細雨不須歸。

——唐·張志和　漁歌子

　　有志節的讀書人，雖然也因儒家影響，而有「學而優則仕」的經國濟世之志，但，卻無戀棧功名之心。在自覺「道不行」的時候，往往就退隱江湖，尋求一份淡泊閒適的悠遊生活。

　　漁父，是他們嚮往的生活方式之一。五湖四海，無拘無束，隨遇而安。生活極簡樸，也極逍遙，彷彿擺脫了俗世的一切約束。一頂竹笠，一件蓑衣，便足擋風蔽雨，一根釣桿，一葉扁舟，何處不可為家？這種閒適的生活，怎不令人生羨！

小樓一夜聽春雨，深巷明朝賣杏花。

世味年來薄似紗，誰令騎馬客京華？小樓一夜聽春雨，深巷明朝賣杏花。矮紙斜行閒作草，晴窗細乳戲分茶，素衣莫起風塵嘆，猶及清明可到家。

——宋・陸游　臨安春雨初霽

現代人講究生活品味，卻又常把品味商業化的，定位在外在的包裝上。這一種所謂的品味，是經由刻意的設計，用金錢堆砌成的高雅形貌。而真正的品味，卻是一種融和於生活之中，不刻意為之，卻自然流露的生活雅致。

聽雨，本身就是一種雅人深致，有閒適而寧靜的心情，不為俗事紛擾，也不爭逐利祿功名，才會有這一份雅興。而在小樓，屬於自我的小小世界中，聽為大地注入生機的春雨，更具有一種恬淡之情。

杏花當令，一夜春雨，滋潤催開了杏花。天亮了，遠遠的深巷中，傳來賣花聲。賣花聲，本身又具一種美麗的情味。這一種品味，比之「附庸風雅」何如？

長溝流月去無聲，杏花疏影裡，吹笛到天明。

憶昔午橋橋上飲，座中多是豪英。長溝流月去無聲，杏花疏影裡，吹笛到天明。

二十餘年如一夢，此身雖在堪驚。閒登小閣眺新晴，古今多少事，漁唱起三更。

——宋·陳與義　臨江仙

月夜夜遊，大概是各時代的年輕人共有的情懷。

明月在天，長溝的流水，戴著月影，溶溶漾漾的泛著波光，無聲地流去。年輕的朋友們散坐著、說笑，聊天，談天下大事時，慷慨激昂；談兒女私情時，低迴宛轉。月影流著，時光流著。年輕時，從不知時光有何可貴，因為，他們擁有太多。

杏花盛放，疏影花枝，灑得滿地，有人倚立花下吹起玉笛，吹著，吹著，吹得忘情盡興，直吹到天明……

陳與義寫這闋詞時，距他逸興遄飛的青年時代，已二十年了。這一幕當年情景，還深印腦海，流瀉筆端。少年情懷，是何其美好，又何其令人眷戀呀！

紅杏枝頭春意鬧

東城漸覺風光好，縠皺波紋迎客棹。綠楊煙外曉寒輕，紅杏枝
頭春意鬧。
浮生長恨歡娛少，肯愛千金輕一笑。為君持酒勸斜陽，且向花
間留晚照。

——宋・宋祁　玉樓春

　　杏花，是雨水第二候花，杏花開了，一切的農事，也隨
著展開。

　　和許多薔薇科的花一樣，杏花也是先花後葉。花小而
繁，一開，就開得簇簇滿樹。尤其，杏花是紅色的，更是艷
麗非凡。

　　也許就因為這一份艷麗，讓人想忽略都不行。於是，宋
祁用了一個千古傳頌稱美的字來形容：「鬧」，把杏花耀目
的燦爛花容，形容得妙到毫巔。使當代的詩人，個個擊節稱
賞。官拜工部尚書的宋祁，還因此博得「紅杏尚書」的雅號
呢！

可憐開謝不同時，漫言花落早，只是葉生遲。

聞說金微郎戍處，昨宵夢向金微。不知今又過遼西，千屯沙上暗，萬騎月中嘶。

郎似梅花儂似葉，揭來手撫空枝。可憐開謝不同時，漫言花落早，只是葉生遲。

——清・王國維　臨江仙

　　「紅花還須綠葉扶持」，許多花是這樣的。比如牡丹，光桿牡丹，少了陪襯的綠葉，就大為失色了。

　　但也有許多種的花，花和葉，雖然生長在同一棵樹上，卻彼此沒有照過面，葉，總等花落盡了才萌芽。一先一後，時間把它們分隔了，雖同根而生，卻彼此無緣。

　　這就像兩個有情無緣的人一樣，總是陰錯陽差，就失之交臂。詩人的溫柔敦厚，把這一種幽怨，寄託在梅花、梅葉的彼此參商上。對對方沒有半句責難，只自怨自艾：葉，生得太遲了……

珍重主人心，酒深情亦深。

勸君今夜須沉醉，尊前莫話明朝事。珍重主人心，酒深情
亦深。
須愁春漏短，莫訴金杯滿。遇酒且呵呵，人生能幾何？

——唐・韋莊　菩薩蠻

　　請人喝酒，似乎是古今中外人類表達友善的共同方式。
在快樂的時候，固然要飲酒助興，悲傷的時候，更需要借酒
澆愁。對愛酒的人來說，酒，才真是「不可一日無此君」的
好朋友。

　　四海飄泊的遊子，偶然遇到了故交，老朋友殷勤相邀，
把酒言歡。自己雖然滿腹愁腸，又何忍推拒朋友的好意，於
是，一杯，又一杯……

　　入口的酒，也許帶著苦澀，可珍的，是主人的一番盛
情，深摯可感呵！那，不要掃興，乾了吧！

萬紫千紅總是春

勝日尋芳泗水濱，無邊光景一時新。等閒識得東風面，萬紫千
紅總是春。

——宋·朱熹　春日

　　居於城市中的人，對於時令的感受，通常比較遲鈍。因
為，氣候的改變，是漸進的，不留心，就不易察覺。尤其，
埋首苦讀的人，對週遭的景觀，更幾乎視而不見，直到……

　　來到郊外，山青青，水潺潺，吹拂到臉上的風，也是溫
柔和煦。放眼望去，呵！是什麼時候，大地已換上了這樣一
件鮮艷繽紛的衣裳？姹紫、嫣紅、鵝黃、粉白，各式各樣的
花朵，爭奇鬥妍，鋪成了一片錦繡大地，彷彿向世人宣告：
這，就是春天。

曾經滄海難爲水，除卻巫山不是雲。

曾經滄海難為水，除卻巫山不是雲。取次花叢懶迴顧，半緣修道半緣君！

——唐・元稹　離思

　　人的「眼界」是愈養愈高的，見識過美好的事物之後，平凡粗劣的，便再也看不上眼了。

　　大海，是百川的匯聚，見識過大海的廣邈浩瀚，怎還會把江河湖澤放在心上？巫山，是雲彩變幻最瑰瑋奇麗的地方，見過了巫山的雲彩變幻，再看尋常的雲彩，幾乎要覺得它不配稱之為「雲」。

　　愛過了今生最值得愛的那「唯一」的伊人，其他的人，相形之下，全是庸脂俗粉，不值一顧了！

　　「最愛」，只能有一個！

山重水複疑無路，柳暗花明又一村。

莫笑農家臘酒渾，豐年留客足雞豚。山重水複疑無路，柳暗花明又一村。簫鼓追隨春社近，衣冠簡樸古風存。從今若許閒乘月，拄杖無時夜叩門。

——宋·陸游　遊山西村

　　登山也好，旅行也好，都和人生的世途一樣，不可能永遠是一帆風順，也不可能全是明媚風光。有時，也有窮山惡水，斷巖巉壁，崎嶇坎坷的羊腸小徑。霧鎖雲封，時隱時現，前路險阻，後退無門。

　　在這樣的困境中，忽然霧散雲開，峰迴路轉，出現一座桃紅柳綠，炊煙裊裊的小山村。試想，那將帶給疲憊的旅人何等的驚喜、溫暖和感激呵！

　　但，必須了解的是：若半途而廢，是永遠找不到「桃花源」的！

桃之夭夭，灼灼其華，之子于歸，宜其室家。

桃之夭夭，灼灼其華，之子于歸，宜其室家。

桃之夭夭，有蕡其實，之子于歸，宜其家室。

桃之夭夭，其葉蓁蓁，之子于歸，宜其家人。

——詩經・周南　桃夭

　　桃花是艷麗、嫵媚，十分女性化的花。開放在東風裡，更洋溢著一片喜氣。

　　在桃花盛放的春天，也是最宜辦喜事的吉日良辰。新嫁娘的艷麗、嫵媚，和盛放的桃花一樣。

　　但，桃樹對人的價值，並不僅是一時視覺之美的艷麗花朵，更期望著它結豐美的果實。

　　對新嫁娘來說，也是一樣。美麗與否，並不是最重要的。重要的是，持家理業，敬上睦下，相夫教子，使家庭興旺，子孫繁衍，和樂融融。

芒鞋破缽無人識，踏過櫻花第幾橋。

春雨樓頭尺八簫，何時歸看浙江潮？芒鞋破缽無人識，踏過櫻
花第幾橋。

——民國·蘇曼殊　春雨

　　尺八，是一種日本樂器，形制很像中國的洞簫。春雨，是一首幽咽淒怨的曲子。

　　蘇曼殊身世坎坷，母親是日本人，不容於大婦，留下他在中國，回日本去了。他年紀很小的時候，便剃度出家。一襲袈裟，既斷不了國仇家恨，也解不了愛怨嗔癡。至情至性，如春蠶吐絲，化成無數悱惻詩篇。

　　東遊日本，聽樓上尺八吹奏「春雨」，緬懷故國，自悲身世，孤孤孑孑，走在異國的土地上，踏著橋上的飄零櫻花。無人相識，無人存問，只有低眉托缽，伴隨著芒鞋遲重的足跡，在落花中漸行漸遠⋯⋯

今夕復何夕，共此燈燭光。

人生不相見，動如參與商，今夕復何夕？共此燈燭光。少壯能幾時？鬢髮各已蒼。訪舊半為鬼，驚呼熱中腸。焉知二十載，重上君子堂。昔別君未婚，兒女忽成行。怡然敬父執，問我來何方，問答乃未已，驅兒羅酒漿。夜雨剪春韭，新炊間黃粱，主稱會面難，一舉累十觴。十觴亦不醉，感子故意長，明日隔山岳，世事兩茫茫。

——唐・杜甫　贈衛八處士

年輕時代的朋友，經過了流離喪亂，二十年不通音問的時空阻隔，在偶然的機緣下重逢了。有家的，殷勤地把飄泊的朋友請回家中，見見自己的妻兒，吃頓便飯。

燭光，搖曳著夢般的光彩，面對著老朋友，竟有不知今夕是何夕的感覺。心中湧上的，是歡欣，是感傷，是不敢相信，今生還有這樣重逢的日子！千言萬語，全哽在喉間，又怎能任它哽住？有那麼多要問的，要說的……

二十年！彼此都老了，當年的其他朋友呢？死的死，散的散，這一見，是多麼難得！還不該多喝幾杯？明天，明天別後，又將是山隔水阻，音信茫茫。

菩提本無樹，明鏡亦非臺。

菩提本無樹，明鏡亦非臺，本來無一物，何處惹塵埃。

——唐・慧能

這是佛教的故事：

五祖弘忍，準備傳衣缽給弟子，便叫弟子們各自說出自己修悟的心得。神秀，是他座下的大弟子，說了一偈：「身是菩提樹，心如明鏡臺，時時勤拂拭，勿使惹塵埃。」眾弟子都深為嘆服。不料身份卑微的慧能，卻認為他的偈不夠透澈。說了一偈：「菩提本無樹，明鏡亦非臺，本來無一物，何處惹塵埃。」因而，得了禪宗五祖的衣缽，成為六祖。

他之勝於神秀，是神秀仍執著於具象，而他，卻跳出了有形之相，直探「空」的精神境界。

人面桃花相映紅

去年今日此門中，人面桃花相映紅。人面不知何處去，桃花依
舊笑春風。

——唐‧崔護　題都城南莊

　　偶然的緣會，可能留下永難磨滅的印象。

　　在桃花盛開的時候，年輕的士子崔護，偶然到城南遊
玩，來到一個小村子。村中有戶人家，園中桃花盛開。崔護
欣賞之餘，一時口渴，敲門討杯水喝。出來招呼他的，是一
個秀美可人的女孩，令崔護為之傾心。那女孩似乎也脈脈含
情，站在桃花樹下，默默地望著他……

　　偶然邂逅，匆匆分離。崔護一直念念不忘那美麗如桃花
的女孩子。到了第二年，桃花開的時候，他又特意去尋訪。
桃花盛開依舊，女孩，卻沒有見到，也不知是出嫁了，搬走
了，還是……只留給崔護無限悵惘……

從別後，憶相逢，幾回魂夢與君同。

彩袖殷勤捧玉鍾，當年拚卻醉顏紅；舞低楊柳樓心月，歌盡桃花扇底風。

從別後，憶相逢，幾回魂夢與君同。今宵剩把銀釭照，猶恐相逢是夢中。

——宋・晏幾道　臨江仙

　　重逢了？真的重逢了？在那麼多年山隔水阻後。

　　但，山和水，只能阻隔有形的軀體，卻阻隔不了相思相憶，阻隔不了魂飛夢馳。

　　在白天，伊人的一顰一笑，一言一動，尤其，那如楊柳般裊娜的體態，桃花般美麗的笑容，舞姿輕盈，歌喉宛轉，總交替著在腦海浮現，佔據著思維。

　　晚上，更有夢的羽翼，載負著心魂，飛越關山，與伊人相會；又何必推究是誰夢見誰的？重要的是：在夢中，又回到了過去同處的時光。只可嘆，夢總是太容易醒。

　　重逢了？這一回，不會又是一場夢吧？

春江水暖鴨先知

竹外桃花三兩枝，春江水暖鴨先知。蔞蒿滿地蘆芽短，正是河
豚欲上時。

——宋・蘇軾　惠崇春江曉景

　　疏疏的竹林中，點綴著幾枝盛開的桃花，綠波新漲的江
水上，幾隻野鴨在嬉戲。江邊的蔞蒿蘆草也冒新芽了。

　　春天來了，山溫水暖。而最先感覺到江水不再寒冽的，
應該就是這一群野鴨吧？人們，只在猜測，牠們，卻是親身
的去感受水溫；毫無疑義的確定：這一江春水，已溫暖得可
以嬉游了。

　　這是蘇軾為一位方外友人惠崇的畫，所寫的詩。的確，
只有親身去體驗的，才是最了解真象的，「想當然耳」，未
必準確呀。只是從春江水暖，想到美味的河豚欲上，不知惠
崇作何感想？

夜月一簾幽夢，春風十里柔情。

倚危亭，恨如芳草，萋萋剗盡還生。念柳外青驄別後，水邊紅袂分時，愴然暗驚。

無端天與娉婷，夜月一簾幽夢，春風十里柔情。怎奈向、歡娛漸隨流水，素絃聲斷，翠綃香減，那堪片片飛花弄晚，濛濛殘雨籠晴。正消凝，黃鸝又啼數聲。

——宋・秦觀　八六子

愛，別離。

當別離來臨，什麼山盟海誓，都只是虛話。但，又怎能叫人不思，不念？

想到伊人，有時竟不敢相信那是真實的，那樣的人，那樣的遇合，彷彿只像在透入簾隙的朦朧月影中，作的一場美麗的夢。而那款款柔情，又像春日的薰風，吹過原野，只能感覺，卻看不見，也抓不住。

美好的時光如夢，別離，卻是真真實實的，這一離愁呵，就像春草一樣，蓬勃茂盛。不要想去割它剪它，割去剪除的結果只是：長得更快、更多……

記得綠羅裙，處處憐芳草。

春山煙欲收，天澹稀星小，殘月臉邊明，別淚臨清曉。

語已多，情未了，迴首猶重道：記得綠羅裙，處處憐芳草。

——五代·牛希濟　生查子

　　情到深處，任何一點的牽連，都會使人想到意中人的笑貌音容，而對這一些引動相思的區區微物，也不禁移情的「愛屋及烏」了。

　　伊人，總是穿著一條綠色的羅裙。綠，就成了她的象徵。

　　臨別依依，說不盡的千言萬語，終究還是得含淚分手。跨上馬，走了幾步，回頭再告訴她一句話：

　　「只要有芳草生長的地方，都會讓我想念你——穿綠色羅裙的你！」

　　這種癡話，若非有情人，怎想得起？

年年歲歲花相似，歲歲年年人不同。

洛陽城東桃李花，飛來飛去落誰家？洛陽女兒好顏色，坐見落花長嘆息。今年花落顏色改，明年花開復誰在？已見松柏摧為薪，更聞桑田變成海。古人無復洛城東，今人還對落花風，年年歲歲花相似，歲歲年年人不同。寄言全盛紅顏子，應憐半死白頭翁，此翁白頭真可憐，伊昔紅顏美少年。公子王孫芳樹下，清歌妙舞落花前。光祿池臺開錦繡，將軍樓閣畫神仙。一朝臥病無相識，三春行樂在誰邊？宛轉蛾眉能幾時，須臾鶴髮亂如絲，但看古來歌舞地，惟有黃昏鳥雀悲。

——唐·劉希夷　白頭翁

春之卷·61

　　人，是萬物之靈，可是，人還有許多由不得自己主宰的事，比如：生、老、病、死……

　　比起來，植物的生命，對人而言，竟也有其可羨。一棵花樹，只要種活了，它就自然一年年長大，到了屬於它的時令，就爛爛縵縵的開花。花，雖然生命短促，但，今年、明年、後年……它總是依時而開，開出同樣美麗芬芳的花朵。

　　而人呢？明年的自己，是否還能像今年的自己？也許一年、兩年不覺得，十年、二十年呢？人，還能和少年時一樣嗎？人至中年，這種悲慨，真是逃遁無門呀！

春水碧於天，畫船聽雨眠。

人人盡說江南好，遊人只合江南老。春水碧於天，畫船聽雨眠。

壚邊人似月，皓腕凝雙雪，未老莫還鄉，還鄉須斷腸。

——唐・韋莊　菩薩蠻

　　江南，是最富情致的地方。山明水秀，鶯飛草長。河流交錯如蛛網，池塘散佈如星辰。

　　春天，春波漲綠，湛藍得比青天還深邃幾分。船，是最尋常的交通工具，天生就帶著幾分詩意的悠閒情味。在多雨的春日，閒臥艙中，聽著淅淅瀝瀝的雨聲，敲著船篷，和著櫓聲，輕攏慢撚的奏著輕柔的樂章，把人送入夢鄉……

　　生活情調的第一要件，就是逸致閒情。古人的生活步調緩慢，悠閒暇豫，才有那份品味的雅興，也才能領略生活中的種種情趣。在現代社會中，幾乎不可得了。

出門俱是看花人

詩家清景在新春，綠柳纏黃半未勻，若待上林花似錦，出門俱是看花人。

——唐·楊巨源　城東早春

　　人，是喜歡熱鬧的，什麼事，都是一窩蜂；在這熱頭上，不趕上湊一腳，似乎就覺得成了另一族類。在眾人皆醉中能獨醒，真得有過人的定力才行。所以，趕上什麼盛會時，總是萬頭攢動，熱鬧無比。以陽明山花季來說吧，人比花多，是盡人皆知的。下得山來，也總懊惱，又擠又累，沒意思。賞花雖是雅事，這樣人潮洶湧，人聲沸揚，走馬看花，又有何趣味？但，話雖如此，到了明年花季，盛況還是不減；花季不去賞個花，彷彿不夠風雅，落伍。

　　雖然楊巨源提醒人們，春日盛景早已展開，新春的氣象清新，格外可人。但，大多數人，還是寧可「花季賞花」吧？

花徑不曾緣客掃，蓬門今始爲君開。

舍南舍北皆春水，但見群鷗日日來。花徑不曾緣客掃，蓬門今始為君開。盤飧市遠無兼味，樽酒家貧只舊醅，肯與鄰翁相對飲，隔籬呼取盡餘杯。

——唐‧杜甫　客至

　　無官無職，僻居鄉野，生活雖然閒散，也不免冷清。親友故舊，路途遙遠，少通音信。相近相親的，只有鷗鷺。在這樣清寂的日子裡，忽然有朋友遠來造訪，那一份欣喜快樂，幾乎無可言喻。

　　把繁花夾徑的小路打掃一下；從來沒有客人來，平日雖也打掃，幾曾有這一份快樂興奮的心情？破舊的柴門，似乎也閃著光輝；這還是第一次為了迎接遠客而打開呢！

　　人與人的情誼，在門庭冷落的情形下，更使人感受深切，也更見真情。這一種不建立在功利上的友誼，才真是彌足珍貴的，彼此素心相見，何等感人！

陌上花開蝴蝶飛，江山猶是昔人非。

陌上花開蝴蝶飛，江山猶是昔人非。遺民幾度垂垂老，遊女長
歌緩緩歸。

陌上山花無數開，路人爭看翠軿來。若為留得堂堂去，且更從
教緩緩回。

生前富貴草頭露，身後風流陌上花。已作遲遲君去魯，猶教緩
緩妾還家。

——宋・蘇軾　陌上花

　　原野上，繁花似錦，蝴蝶在花叢中翩翩飛舞。這一景
象，是每一年都輪迴在大自然中出現的。一樣的青山，一樣
的綠水，也是千百年來不曾改變的，可是……人呢……

　　蘇軾在杭州做官，遊九仙山，聽當地父老唱著「陌上
花」的曲子，用以紀念五代時吳越錢氏王朝。據傳說，吳越
王妃，每年必回臨安省親。吳越王體貼王妃，傳信給她：
「陌上花開，可緩緩歸矣。」情思宛轉而深摯。宋朝開國，
錢鏐之孫錢俶因恐兵禍連結，生靈塗炭而降宋，吳越國除。
父老感念吳越王恩德，便用他寄給王妃的那句話，作成歌來
唱。蘇軾感慨朝代興亡，富貴夢幻，又嫌原詞俚俗，便改作
了三章陌上花。

春蠶到死絲方盡，蠟炬成灰淚始乾。

相見時難別亦難，東風無力百花殘。春蠶到死絲方盡，蠟炬成
灰淚始乾。曉鏡但愁雲鬢改，夜吟應覺月光寒。蓬萊此去無多
路，青鳥殷勤為探看。

——唐‧李商隱　無題

　　李商隱許多詩，都以「無題」為題；無題，也是情到極
致的一種無可言喻吧？那份堅貞淒美，更令人低迴。

　　人的感情，很微妙，平平順順的情況下，都等閒視之，
淡淡如水。愈是艱難險阻，愈是反激出無怨無悔的摯情。相
思的折磨，痛苦的煎熬，往往都成了焠煉感情的火焰，愈焠
煉，愈精純，愈是至死方休。把自己的深情，化作柔絲，像
春蠶作繭自縛，直到吐盡了最後一縷絲，讓生命與感情一同
歸於寂滅。

　　又像燃燒的蠟燭，把自己的生命，作為獻祭。直到蠟
燭芯全化成了灰燼，滴乾了最後一滴淚，才結束這一世的堅
貞。

沉恨細思，不如桃李，猶解嫁東風。

傷春懷遠幾時窮，無物似情濃。離愁正恁牽絲亂，更南陌、飛絮濛濛，歸騎漸遙，征塵不斷，何處認郎蹤。

雙鴛池沼水溶溶，南北小橋通。梯橫畫閣黃昏後，又還是，新月簾櫳。沉恨細思，不如桃李，猶解嫁東風。

——宋‧張先　一叢花令

　　人，常有「身不由己」的無奈。尤其，在感情不容自主的情況下，感嘆更深。

　　二十四番花信風，像信守盟約的新郎，到時候，便來迎娶新娘。看到繁花滿樹，彷彿是打扮得花枝招展，準備出嫁的桃花李花，使芳華虛度，不得自由的少女，油然幽怨；桃李，還懂得及時嫁與東風，細想起來，萬物之靈的自己，還不如桃李呢！

　　「桃李嫁東風」真是奇想，張先也以此一句，為當時一代文宗歐陽修稱賞，而名重一時。

　　「李」，有些版本作「杏」，存參。

良辰美景奈何天，賞心樂事誰家院。

原來姹紫嫣紅開遍，似這般都付與斷井頹垣。良辰美景奈何天，賞心樂事誰家院？朝飛暮捲，雲霞翠軒，雨絲風片，煙波畫船，錦屏人忒看的這韶光賤。

——明‧湯顯祖　皂羅袍

　　美好的芳春時節，滿園春色，繁花似錦，卻令難得遊春的深閨少女，為之感傷；春易逝，花易老，自己，深鎖在閨閣之中，形隻影單，怎比得人家如花美眷，儷影雙雙，共度良辰？百轉千迴，卻不知該向誰傾訴，無語問天，奈何天亦不管人間事……傷春之情，纏綿縈繞。

　　明傳奇中，有「玉茗堂四夢」，作者是名曲家湯顯祖。四夢中，以《離魂記》（又名《牡丹亭》）最享盛名。這兩句摘自《驚夢》一折的「皂羅袍」，《紅樓夢》曾引用，聽得林黛玉如癡如醉。因為，這正寫出了及笄少女難言的心事，數百年來，不知感動了多少有情人。

知否，知否，應是綠肥紅瘦。

昨夜雨疏風驟，濃睡不消殘酒，試問捲簾人，卻道海棠依舊，知否，知否？應是綠肥紅瘦。

——宋‧李清照　如夢令

　　醉意朦朧中，聽了一夜的風風雨雨。醒來，想到園中那一叢正著花的海棠，不知給風雨摧殘得怎麼樣了。深富情致的女主人，問捲簾的婢女，婢女的回答，漫不經心：「還是一樣呀！」

　　怎會一樣呢？纖細敏銳的靈心，不用實地看，也比粗心大意的婢女知道得真切：葉子，更油綠茂盛了。而花，凋落減少了。知否！知否！多少對牛彈琴的無奈。

　　人的雅俗，往往並不取決於貧富貴賤，而在是否「用心」吧？不知用有情之心觀察萬物，品鑒世界，即便萬貫家財，仍是俗不可耐呀。

無可奈何花落去，似曾相識燕歸來。

一曲新詞酒一杯，去年天氣舊亭臺，夕陽西下幾時迴？

無可奈何花落去，似曾相識燕歸來，小園香徑獨徘徊。

——宋・晏殊　浣溪沙

盼到了春來，盼到了花開，可是，好容易才開的花，不旋踵間，又萎謝、凋落；任人如何珍惜，也無法把它留在枝頭。這一份無奈，就像挽不住日落，喚不回青春一樣。

春來了，又有燕子飛來，在畫梁上築巢，看牠修補舊巢的樣子，似乎，這兒本來就是牠的家。牠，可就是去年就住在這兒，與自己共處了半年，舊日相識的那一隻，又回到舊家來？

千古名對！據說，上聯是晏殊作的，下聯是王琪對的，渾然天成，清麗而不失雋永，令人擊節。

回首向來蕭瑟處，歸去，也無風雨也無晴。

莫聽穿林打葉聲，何妨吟嘯且徐行。竹杖芒鞋輕勝馬，誰怕？
一簑煙雨任平生。

料峭春風吹酒醒，微冷，山頭斜照卻相迎。回首向來蕭瑟處，
歸去，也無風雨也無晴。

——宋‧蘇軾　定風波

　　氣象報告，常有「晴時多雲偶陣雨」的情形，在一天內，把各種天氣形態都經歷了。

　　氣象如此，旅途如此，人生亦如此。無以逃避、改變，唯一的方式，只有坦然接受、面對，甚至以一種怡悅之情去迎接，並把它轉化成一種自己修養上的助力。

　　蘇軾的這闋《定風波》，是用遊記形式寫的小詞。但，其中的內涵，卻頗富哲理，讓人領悟風、雨、晴，都只是人生路上的偶然事件，不必太耿耿於懷。事後回首，將會發現，已是「也無風雨也無晴」的空茫一片了。由此，或可學得一些寵辱不驚的淡泊與曠達吧？

忽見陌頭楊柳色，悔教夫婿覓封侯。

閨中少婦不知愁，春日凝妝上翠樓。忽見陌頭楊柳色，悔教夫婿覓封侯。

—— 唐・王昌齡　閨怨

　　有許多事物，存在的時候，並不覺得可珍，而總追求沒有得到的。一旦失落了，才了解真正重要的是什麼。

　　榮華富貴，何等誘人！於是，文人求進士及第，武人求萬里封侯。家中賢妻對這樣榮宗耀祖的事，自然也激之勵之，不遺餘力。大丈夫志在四方，封侯拜相，才是有志氣！豈能沉溺兒女私情？

　　日復一日，空閨獨守的少婦，忽然覺醒！她付的代價太大！春天來了，花紅柳綠，燕飛蝶舞，大好的良辰美景，她卻只有在品味孤寂中度過；在虛幻的追求中，她失落的是現實的幸福。

問君能有幾多愁，恰似一江春水向東流。

春花秋月何時了，往事知多少？小樓昨夜又東風，故國不堪回首月明中。

雕欄玉砌應猶在，只是朱顏改。問君能有幾多愁？恰似一江春水向東流。

——五代‧李煜　虞美人

　　人生，有些缺憾是可以彌補的，有些愁緒是可以消除的。但，也有一些，永世難贖。

　　南唐後主李煜，本是一國國主，亡於宋，肉袒出降。一下自天堂落入地獄，飽受身心凌辱，終日只能以淚洗面。追懷故國，傷痛難已，發為詞章，字字血淚。不幸的亡國之君，反因此成就了不朽的文章事業。尤其詞壇上，不能不推之為南面王。

　　《虞美人》是他亡國哀音中的絕唱，他的「愁」，不同於風花雪月一般的傷春悲秋。而是身世之感，家國之痛，正如王國維云「以血書之」者！

近鄉情更怯，不敢問來人。

嶺外音書絕，經冬復歷春。近鄉情更怯，不敢問來人。

——唐・李頻　渡漢江

　　古代交通不便，也沒有那麼方便的郵政服務。所以，一個人，離開了家，就彷彿風箏斷了線，與家中音信隔絕，彼此不知消息。大地方，還有機會遇到順路方便的人帶個信。偏僻的地方，那真是一點辦法也沒有。

　　好容易，在分別經年之後，要回鄉了。離家鄉愈來愈近，心中卻忐忐忑忑起來；這段日子中，家裡人都平安嗎？沒有什麼事故意外吧……

　　一方面心急著要回去，另一方面，又深恐萬一有什麼拂逆之事，如何承受得了，不由情怯。便見到有鄉人過來，也不敢探問。描寫心理，可謂入木三分。

勸君更盡一杯酒，西出陽關無故人。

渭城朝雨浥輕塵，客舍青青柳色新。勸君更盡一杯酒，西出陽關無故人。

——唐·王維　渭城曲

　　對現代「空人飛人」而言，大概不大容易感受深刻悲楚的離情別緒。別人習慣他來來去去，也沒什麼送行餞別的繁文縟節了。可是，古代不同，交通的不便，有時還加上道路不靖，一旦分別，何時再見，能否再見，都得打上問號。尤其，朋友去的是遙遠陌生的地方，更在別情之外，加上一份懸念；在這兒，有朋友們相互照顧扶持。到了那兒，孤伶伶的，無親無友，怎麼辦呢？恨不得，把友情打包讓他帶走，卻又實在不可能。那，多喝幾杯，多享受一下友情的濃郁吧。也好在寂寞的時候，有些心理的慰藉；這一別後，可沒有朋友在身邊了……

曲終人不見，江上數峰青。

善鼓雲和瑟，常聞帝子靈。馮夷徒自舞，楚客不堪聽。苦調淒
金石，清音入杳冥。蒼梧來怨慕，白芷動芳馨。流水傳湘浦，
悲風過洞庭。曲終人不見，江上數峰青。

——唐‧錢起　湘靈鼓瑟

　　相傳，堯的女兒娥皇、女英，皆嫁舜為妃。舜南巡，死
於蒼梧，二妃奔喪至湘江，灑淚於竹上，使竹為之斑，稱湘
妃竹。悲痛之餘，自沉於湘江，成了湘江水神，稱湘君、湘
夫人，又稱湘靈。二妃善鼓瑟，於是有人言之鑿鑿：湘江水
面，常會有風暴，乃是二妃出巡。又常有琴瑟之聲，怨慕淒
楚，乃是二妃思慕大舜，鼓瑟寄情。

　　詩人錢起，便就這樣的故事背景，作了「湘靈鼓瑟」
詩，描寫二妃的癡情，與曲中淒怨。最後結尾，是江面上餘
音裊裊，而不見二妃蹤影。只剩青山依然屹立江岸，留予人
無限低迴。「曲終人不見，江上數峰青」，便被稱賞為絕
唱，而且不斷被後人襲用，連蘇軾都在詞中用過。

春衫著破誰針線，點點行行淚痕滿。

年年社日停針線，怎忍見、雙飛燕。今日江城春已半。一身猶在，亂山深處，寂寞溪橋畔。

春衫著破誰針線，點點行行淚痕滿。落日解鞍芳草岸。花無人戴，酒無人勸，醉也無人管。

——宋·黃公紹　青玉案

　　社日，是立春之後的第五個戊日，相傳，是燕子自南方飛回的日子。在唐宋時代，有個習俗：社日，婦女忌作針線。

　　飄泊異鄉的遊子，在這一天，看著自己身上已然敝舊的衣衫，不由想起了家中為他縫衣的妻子。人居異鄉，又有誰會來替自己縫補呢？家中的妻子，在忌作針線的社日，是否會想到昔日所縫的衣衫，已經歷了無數風霜雨露，殘舊待補了呢？燕子雙雙歸來，看在形隻影單的遊子眼中，怎禁得不輕彈的男兒淚……

　　這才感悟，有人照管，是何等幸福！

自在飛花輕似夢，無邊絲雨細如愁。

漠漠輕寒上小樓，曉陰無賴似窮秋，淡煙流水畫屏幽。

自在飛花輕似夢，無邊絲雨細如愁，寶簾閒掛小銀鉤。

——宋・秦觀　浣溪沙

　　詞人多情，詞人易感，尤其崇尚唯美婉約的詞人，便很容易在詞章中，帶著美麗與哀愁的淒美色彩。美，不是艷麗的，總帶幾分朦朧。愁，也不是強烈的，只是淡淡的悒鬱，宛似一聲低低的嘆息。

　　秦觀，是宋代詞人中，走正宗婉約路線的。這一種淡淡的淒美，就成了他詞風的特色之一。

　　落花，輕盈的在柔風中飄落，飄忽的像一個虛幻的夢境。細細的雨絲，羅網般的覆罩著無邊的大地，那細如蠶絲般的雨絲，惝悅迷離，就像人心頭那難拂的愁緒⋯⋯

　　這種纖柔之美，幾乎是不食人間煙火的。文風如此，就無怪宋代積弱了。

衣帶漸寬終不悔，爲伊消得人憔悴。

獨倚危樓風細細，望極春愁，黯黯生天際。草色煙光殘照裡，
無人會得憑闌意。
也擬疏狂圖一醉，對酒當歌，強樂還無味。衣帶漸寬終不悔，
為伊消得人憔悴。

——宋・柳永　蝶戀花

春之卷・79

　　執著，是佛家極力要破除的魔障。但，就尋常人來說，卻
是一種力量的來源；不能執著，則不能專注，不能努力，也難
期有成。

　　對於感情的執著，更是一種美德了。雖然，可能會因此而
受苦；有情人未必有緣，有緣也可能在結合前歷盡艱辛，橫遭
波折。但，這種苦中，總仍是帶著甜美的；愛，使它成為最甜
美的苦澀，愛，執著，使人甘心承荷這一份苦澀，為它消瘦、
憔悴也無怨無悔。

　　只因為，她，是唯一的！

　　在王國維「成大事業、大學問者，必經過的三種境界」
中，這兩句列為第二境界：執著無悔的追尋。

江畔何人初見月？江月何時初照人？

春江潮水連海平，海上明月共潮生，灩灩隨波千萬里，何處春
江無月明？江流宛轉繞芳甸，月照花林皆似霰，空裡流霜不覺
飛，汀上白沙看不見。江天一色無纖塵，皎皎空中孤月輪，江
畔何人初見月，江月何時初照人？人生代代無窮已，江月年年
祇相似，不知江月待何人，但見長江送流水。白雲片片去悠
悠，青楓浦上不勝愁，誰家今夜扁舟子，何處相思明月樓？可
憐樓上月徘徊，應照離人妝鏡臺，玉戶簾中捲不去，擣衣砧上
拂還來。此時相望不相聞，願逐月華流照君……（節錄）

——唐·張若虛　春江花月夜

　　江畔有人，天上有月，人仰望月，月俯照人。人和月結
合成微妙的對等關係，何時有月的？又何時有人的？古遠的
時代，或許就在這江畔，人和月，初次相逢，各自驚喜；那
人是誰？那是何時？詩人用一種輾轉聯珠的手法，使這如繞
口令的詩句，顯得平易中蘊藏著令人回味的玄思。後世有許
多人都仿這種詩體，卻常流於文字遊戲的纖巧輕倩，只因，
少了這份思致。

　　《春江花月夜》，是歌行體的長詩，詩極美，也極富哲
理，堪供品味。另有同名的樂曲，相互輝映，並垂千古。

梨花院落溶溶月，柳絮池塘淡淡風。

油碧香車不再逢，峽雲無跡任西東。梨花院落溶溶月，柳絮池
塘淡淡風。幾日寂寥傷酒後，一番蕭索禁煙中。魚書欲寄何由
達，水遠山長處處同。

——宋·晏殊　寓意

　　所謂大家閨秀、小家碧玉，差別並不在容貌的美醜，也
不在金銀珠翠，錦衣繡裳，而在言行舉止自然流露的風範氣
質上。如果沒有氣質，再穿金戴銀，也只增添俗氣。

　　所謂「富貴氣」也是一樣，絕不是財大氣粗，而是那份
從容閒雅的氣度，顯示出身分高尚。

　　宋朝宰相晏殊，讀到一首《富貴詩》：「軸裝曲譜金書
字，樹記花名玉篆牌。」便笑「此乃乞兒相」，把金銀掛在
門面上。他自己以寫春夜月下梨花的花影，微風中飄飛的柳
絮，為「富貴」作註腳；只因貧寒人家沒有這樣景致，也沒
這份閒雅欣賞的心情。

一絲柳、一寸柔情。

聽風聽雨過清明，愁草瘞花銘。樓前綠暗分攜路，一絲柳、一寸柔情。料峭春寒中酒，交加曉夢啼鶯。

西園日日掃林亭，依舊賞新晴。黃蜂頻撲秋千索，有當時，纖手香凝。惆悵雙鴛不到，幽階一夜苔生。

——宋・吳文英　風入松

　　楊柳，是一種多情的植物。

　　它纖細，柔弱，它垂著長長的柔嫩枝條，牽衣拂水，依依不捨，彷彿在為人代言，挽留那欲遠去的行人，欲離岸的行舟。

　　因此，古人在送別的時候，總折柳相贈，表示情長萬縷，也表示依戀縈繫。

　　在有情人的眼中，每一絲柳，都是柔情的化身。而楊柳，是極茂盛的，每一棵楊柳，都垂著千絲萬縷。

　　每一絲柳，都在為柔情代言，那，千絲萬縷呢？幾時才能訴盡？

春城無處不飛花

春城無處不飛花，寒食東風御柳斜。日暮漢宮傳蠟燭，輕煙散
入五侯家。

——唐·韓翃　寒食

　　介子推，是晉文公的臣子。晉文公，名重耳，在父親
寵妃驪姬陷害下，流亡國外。介子推追隨左右，達十九年，
忠心耿耿。晉文公復國後，封賞功臣，介子推不言祿，也
被遺漏了，奉母隱於綿山。後來，晉文公想起他，召他出
山為官，介子推不肯。晉文公急了，下令放火燒山，想逼
他出來。不料，竟活活把介子推母子燒死山中。晉文公悔恨
莫及，下令每年到介子推死的忌日，全國禁火三天，以為紀
念。推算，是冬至後的一百零五天，稱寒食。

　　寒食，正值春暮，花事極盛而衰的轉捩點。放眼城中，
到處落英繽紛，隨風飛舞，令人生好景不常之嘆。

清明時節雨紛紛，路上行人欲斷魂。

清明時節雨紛紛，路上行人欲斷魂。借問酒家何處有，牧童遙指杏花村。

——唐·杜牧　清明

　　清明，是家家戶戶上墳掃墓，追念祖先的日子。先天上，就具備了哀戚與沉重的氣氛，再加上飄落的細細雨絲，更如不絕如縷的愁絲籠罩，彷彿上天也在為世間的亡靈哀悼，使人的心情，更加凝重。

　　然而，有墓可掃，還算幸運的，滿懷哀戚悲悼，還有寄託、著落，也可以在盡了為人子孫的心意後，得以抒解。羈旅於他鄉的遊子呢？離鄉背井，連掃墓盡心都不可得。愧為人子，遙念先祖，更增思鄉之情。細雨霏霏，恰似愁網，也只有逃入醉鄉以求解脫；在陌生的土地上，連酒家何處，還要問人方知呢！

落花人獨立，微雨燕雙飛。

夢後樓臺高鎖，酒醒簾幕低垂，去年春恨卻來時，落花人獨
立，微雨燕雙飛。

記得小蘋初見，兩重心字羅衣，琵琶絃上說相思，當時明月
在，曾照彩雲歸。

——宋·晏幾道　臨江仙

　　天上，飄落著霏微細雨，燕子，成雙成對的比翼雙飛。
園中的花，凋落得滿地，孤獨的人，默然凝立，望著落花，
望著飛燕，望著細如愁絲的霏微煙雨……短短十個字，寫
盡了淒冷幽寂之美，燕雙飛與人獨立的相互對照，真令人生
「情何以堪」的不忍之心。其實，詩人只用了客觀的敘寫，
卻為人在腦海中印下了孤絕淒絕，又清絕美絕的疊影。

　　這兩句詩，原出於唐代翁宏的五律「春殘」中，春殘，
詩不甚佳，只這兩句出色。宋人晏幾道引入《臨江仙》詞
中，頓成絕豔。原文捨翁宏，選晏幾道，原因在此。

人生自是有情癡，此恨不關風與月。

尊前擬把歸期說，未語春容先慘咽，人生自是有情癡，此恨不關風與月。

離歌且莫翻新闋，一曲能教腸寸結。直須看盡洛城花，始共東風容易別。

——宋·歐陽修　玉樓春

　　世界上，人為主，萬物為賓。可是，人又常把自己的情緒，歸諸於外物影響；迎風灑淚，對月長吁，天氣不好，也成為心情不好的理由。

　　其實，同樣景物，在不同的人，乃至相同的人，不同心境的眼中，都會產生截然不同的情緒反應；心境開朗，萬物皆欣欣可喜，反之，怎麼看都觸景傷情。

　　而心境，又大多受制於感情，尤其愛情的順逆得失；相見則歡，相別則悲，相思則苦，相逢則喜。歡喜時便覺風清月朗，無比可愛。悲苦時，風也酸射眸，月也圓礙目；真正操縱人悲歡的，只是一念癡情，與風月何干呀？

一片芳心千萬緒，人間沒箇安排處。

遙夜亭皋閒信步，乍過清明，漸覺傷春暮。數點雨聲風約住，
朦朧淡月雲來去。
桃李依依香暗度，誰在秋千，笑裡低低語？一片芳心千萬緒，
人間沒箇安排處。

──五代・李煜　蝶戀花

　　人，很容易陷在感情的漩渦中，為情所困，而變得敏
感、脆弱。胡思亂想，歌哭無端，一顆心，給攪成了一堆無
頭亂絲，終日恍恍惚惚，魂不守舍。

　　不是不想理智、鎮定，可是，「心」不由己，就是沒
法使它安定下來；沒法在見不到他的時候不懸不念，見到他
的時候，不慌不亂。一切，都失去了應有的常態，天地雖廣
闊，卻就是找不到一個可以安頓這顆心的所在呵！

　　李煜本身就是一個深於情的人，因此，寫情，寫得「貼
心」如此！在這闋詞中，「數點雨聲風約住，朦朧淡月雲來
去。」卻又堪稱寫景的絕唱了。

相見爭如不見，有情還似無情。

寶髻鬆鬆挽就，鉛華淡淡妝成。紅煙翠霧罩輕盈，飛絮遊絲無定。

相見爭如不見，有情還似無情。笙歌散後酒微醒，深院月明人靜。

——宋・司馬光　西江月

　　感情，是很微妙的，往往自己也掌握不定，愈是愛慕，愈是思念，愈是患得患失，七上八下，無處安置自己的一顆心。所以，有時人會在好容易安排了與心儀的人約會時，臨陣脫逃；既怕自己緊張失常，又怕萬一對方不如「夢中」美好，受不了失望打擊。千奇百怪的「理由」，總深恐夢碎了……

　　愛得太深，也會造成阻障，見了，反不知可說些什麼，倒顯得生疏冷淡；彼此矜持，誰也不肯先表白。相見之後，又後悔不如不見，反能彼此留下完美的思念……凡此種種，都是「愛情症候群」吧？道學先生司馬光，如此深諳「愛情三昧」，也真出人意表呢！

我見青山多嫵媚，料青山見我應如是！

甚矣吾衰矣，悵平生，交遊零落，只今餘幾？白髮空垂三千
丈，一笑人間萬事。問何物能令公喜？我見青山多嫵媚，料青
山見我應如是，情與貌，略相似。

一尊搔首東窗裡，想淵明，停雲詩就，此時風味。江左沉酣求
名者，豈識濁醪妙理；回首叫雲飛風起，不恨古人吾不見，恨
古人不見吾狂耳。知我者，二三子。

——宋·辛棄疾　賀新郎

　　人常自負「巧奪天工」，但，細思起來，人工所造的
勝景，又如何比得上大自然呢？人工的景物，總有限制，有
賞玩看盡的時候，大自然卻變幻無窮。只一座青山，也永遠
賞不完，看不盡。四時變化，雲飛霧掩，朝暾夕暉，陰晴風
雨……各有風貌，各有勝處。所以，隱士高人選擇山林為歸
隱之所，悠遊林下，高蹈絕塵而甘之如飴，就因為領悟了大
自然中蘊含的無限天機。

　　青山可愛，觀之不足。人呢？人若不能與山相襯，豈
不有辱名山！人，也該努力自修，才配與青山「相看兩不
厭」；李白與辛棄疾，於此頗為自矜；青山嫵媚，自己的內
涵、襟抱、性情、胸蘊，亦不減於青山呢！

天不老，情難絕。心似雙絲網，中有千千結。

數聲鶗鴂，又報芳菲歇。惜春更把殘紅折，雨輕風色暴，梅子
青時節，永豐柳，無人盡日花飛雪。

莫把么絃撥，怨極絃能說，天不老，情難絕。心似雙絲網，中
有千千結。夜過也，東窗未白孤燈滅。

——宋・張先　千秋歲

　　人，是渺小的，人事，是無常的，永恆不變的，只有
「天」！因此，詩人藉人對「天不老」的肯定共識，來為自
己深摯之情提出「保證」；只要天一日不老，這番深情，就
一日難絕。使自己之情，與天並臻於永恆之境。

　　而情，卻是最折磨人的，人一旦用情，便把自己陷在愁
天恨海之中，作繭自縛，無法解脫。小小方寸，情結愁結，
究竟有多少呢？詩人以「雙絲網」為喻，雙絲網，是兩股細
絲所編結的，網，由無數網目組成，每一個網目的四角，都
有一個由縱經橫緯的網線結成的死結，以防網目滑動。絲愈
細，網愈密，結愈難解。以如此具體物象，比喻自己的心，
能不受感動者，幾希？

山外青山樓外樓，西湖歌舞幾時休。

山外青山樓外樓，西湖歌舞幾時休？煖風吹得遊人醉，直把杭州作汴州。

——宋‧林洪　西湖

　　北宋徽欽二帝被擄，宋室倉皇南渡，定都臨安——杭州。照說，應該是勵精圖治，復仇雪恥才是。可是，在安頓下來之後，主和聲浪高張，幾年的安定，就使得王公大臣早把國恥家難丟到了腦後。而沉迷在江南風物之美中，歌舞昇平的享受起來。上有天堂，下有蘇杭，自然景色之美外，西湖又因熱鬧繁華，蓋起了一座座的酒樓，招徠遊客；那裡有半點居安思危的憂患意識？管他金人在江北虎視眈眈，仗著長江天險，只管宴安享樂，徵歌選舞，粉飾太平。

　　這光景，落在憂國詩人眼中，如何不悲不憤！

枝上柳綿吹又少，天涯何處無芳草。

花褪殘紅青杏小，燕子飛時，綠水人家繞。枝上柳綿吹又少，
天涯何處無芳草。

牆裡秋千牆外道，牆外行人，牆裡佳人笑。笑漸不聞聲漸悄，
多情卻被無情惱。

──宋‧蘇軾　蝶戀花

　　柳花，是清明第三候花，二十四花信風，至穀雨三候為
止，清明下接穀雨，柳花飛時，花事已近闌珊，是所謂「傷
春時節」了。

　　柳花飛盡，春，固然已無多，但，大地的生機，仍然蓬
勃，芊綿芳草，直鋪到天涯海角。與其執迷於花事闌珊而傷
情，何不去欣賞芳草勁健之美？蘇軾是天生曠達人，便不會
把自己拘執在春花秋月這些自然變化上，去鑽牛角尖。「天
涯何處無芳草」這種欣賞自然，開拓境界的胸襟，真非一般
詞客所及！後人用來解慰情場失意者，怕也不是蘇軾所能料
及的吧？

窗外芭蕉窗裡人，分明葉上心頭滴。

蹙破眉峰碧，纖手還重執。終日相看未足時，便忍使，鴛
鴦隻？
薄暮投村驛，風雨愁通夕。窗外芭蕉窗裡人，分明葉上心
頭滴。

——宋・無名氏　眉峰碧

　　芭蕉葉片闊大，在植物中，幾乎要稱第一。也因此，
當下雨時，就「聲勢驚人」了。聽在滿懷愁思，無眠的人耳
中，更是愁上添愁。

　　遠別了伊人，懷著難以排遣的依依之情，投宿在山野的
小驛站中。思念著伊人笑貌音容，臨別時，那含著盈盈淚光
的橫波目，那籠著淡淡煙雲的遠山眉，那一雙他才鬆開，忍
不住又緊緊握住，唯恐相失的素手纖纖……

　　風雨交加！撕裂，敲打著窗外的芭蕉樹。那點點滴滴的
雨聲呵！那一聲不是敲在耳邊，滴在心上！

　　這闋詞是題在壁上，而未具名的作者的作品。據傳說，
柳永就是因讀了這闋詞，而領悟作詞的章法，允為佳作。

可憐無定河邊骨，猶是春閨夢裡人。

誓掃匈奴不顧身，五千貂錦喪胡塵。可憐無定河邊骨，猶是春閨夢裡人。

——唐・陳陶　隴西行

戰爭，是最殘酷可怕的事，中國人，自古有兵器不祥的看法，但，有時為了抵禦外侮，有時為了好大喜功，總是彼此相殘不已。兵法之書羅列，真令人對「愛好和平的民族」一說存疑。

一將功成萬骨枯！不論自衛也好，侵略也好，最無辜受害，且得不到任何補償的，總是士卒；功，輪不到他，犧牲，卻是第一優先。也因這一點，從詩經起，對勞人思婦寄予同情的詩篇，代代都有。

丈夫，已犧牲在戰場上，化作一堆無人收埋的白骨。妻子不知情，還在深閨中夢著他，盼他回家。這一種悲慘絕倫，卻出以淒艷的筆法，真令人不忍卒讀！

郴江幸自繞郴山，為誰流下瀟湘去。

霧失樓臺，月迷津渡，桃源望斷無尋處。可堪孤館閉春寒，杜
鵑聲裡斜陽暮。

驛寄梅花，魚傳尺素，砌成此恨無重數。郴江幸自繞郴山，為
誰流下瀟湘去。

——宋・秦觀　踏莎行

　　在山水清，出山水濁。可是，除非親身經歷過離鄉背井
之苦，飽嘗了冷暖炎涼之痛，又有誰甘心困守故鄉終老，而
不嚮往外面那海闊天空的世界。

　　滿懷的凌雲壯志，意氣風發，投入了宦海，才發現，想
抒展理想抱負，致君堯舜，澤被蒼生，並不是那麼容易的。
太多的傾軋、掣肘、歪曲、誣陷，任你如何忠心耿耿，也百
口莫辯。嚴譴，貶謫，是不容抗拒的命運；升官可以辭官，
貶謫卻不容不就。差辱打擊紛沓而來，才覺悟，一個人，能
平安淡泊的在故鄉終老，多麼幸福。想把自己身受的教訓，
教導後生，他們肯聽嗎？這兩句詞，極為蘇軾稱賞，想必他
也於心戚戚吧？

多情只有春庭月，猶爲離人照落花。

別夢依依到謝家，小廊回合曲欄斜。多情只有春庭月，猶為離
人照落花。

——唐・張泌　寄人

　　分別之後，再見無由，朝思暮想，伊人又那裡知道自己
這一腔幽情。

　　日有所思，夜有所夢，可是，夢，畢竟虛渺，何況，好
夢由來最易醒！

　　百轉千迴的情思，在夢醒之後，更是愁懷難遣。卻看見
庭院中，月光如水，照在凋零的落花上，那麼溫柔，又充滿
憐惜……

　　詩人易感的心，從照著落花的春月中，得到了慰藉，畢
竟，天地不是無情的。零落的花，尚有月光憐惜，自己的離
情別緒，明月當亦能了解，又怎不感謝明月多情呢？

淚眼問花花不語，亂紅飛過秋千去。

庭院深深深幾許，楊柳堆煙，簾幌無重數。玉勒雕鞍遊冶處，
樓高不見章臺路。
雨橫風狂三月暮，門掩黃昏，無計留春住，淚眼問花花不語，
亂紅飛過秋千去。

——宋・歐陽修　蝶戀花

　　古代的女子，是十分可憐的，一生幸福與否，全不由自
主，唯有「認命」。若嫁的好，那是前世修來。不幸遇人不
淑，唯有默然忍受。就算兩情相悅，男兒志在四方，又豈是
一縷情絲繫得住的？因此，見春花而落淚，對明月而長吁，
就成了共同的「閨怨」。

　　花落了，閨中思婦，以無比的疼惜，把對自己的自憐，
移情於落花，含淚慰問。不意，花不解語，只視若無睹的，
隨風飛過春日閨中女兒嬉戲的秋千架，沒有絲毫眷戀。相較
起來，花比人理性得多，只順著自然法則而已。人，多情自
苦，真是所為何來？

舊時王謝堂前燕，飛入尋常百姓家。

朱雀橋邊野草花，烏衣巷口夕陽斜。舊時王謝堂前燕，飛入尋
常百姓家。

——唐・劉禹錫　烏衣巷

　　在晉朝南渡之後，王導、謝安兩家，人才輩出，拜相封
侯，極一時之盛。兩家的子弟，喜著烏衣，因而，兩大家族
聚居的地方，也被稱為「烏衣巷」。烏衣子弟，成為貴族子
弟的代名詞，為人欽羨。

　　那時深宅大院，廣廈高樓，何等富貴！代表興旺氣象的
燕子，也總在堂前築巢。

　　曾幾何時，風流雲散，朝代更迭，人事滄桑。烏衣子弟
不爭氣，一代不如一代，逐漸敗落蕭條。「樹倒猢猻散」，
便留在舊處，也沒落了，與尋常百姓無異。燕子依然飛來
築巢，地點卻早已不是王謝堂前的氣象，而是尋常百姓人家
了。兩句詩，寄託遙深，無限滄桑，令人慨嘆！

行到水窮處，坐看雲起時。

中歲頗好道，晚家南山陲。興來每獨往，勝事空自知。行到水
窮處，坐看雲起時，偶然值林叟，談笑無還期。

——唐・王維　終南別業

　　返璞歸真。不是為了失意；那即使歸隱，也無法化解不
遇的不平之氣，得不到真正的平靜。是擁有過了，選擇了山
林，以閒適恬淡，再無挂礙的澄明心境，怡然樂此餘生。一
切的榮辱，都已是記憶那一端的事了。

　　不再有時間的約束，不再有目標的堅持，只是信步隨
心，沿著溪澗上溯，直到它的源頭。那汨汨湧出的清泉，竟
能在下游澤被千頃良田！煙嵐，自山谷間緩緩升騰。掩映之
間，便為山林變幻出千萬面貌。坐下靜靜地做造化巨匠傑作
的唯一目擊者，恍惚間，與大自然合而為一。心中，再沒有
雲翳塵滓……

一水護田將綠繞，兩山排闥送青來。

茅簷常掃淨無苔，花木成蹊手自栽。一水護田將綠繞，兩山排
闥送青來。

——宋・王安石　茅簷

　　要畫農村，青綠色，是最主要的色調；山是青的，水是
綠的，草是青的，田是綠的。農村的茅屋，是立足點，園中
花木扶疏，遠處青山碧水，綠野平疇，想不心曠神怡也難。

　　在詩人眼中，這些景色，還不是「靜物」，而跳動著
生命的無比活力。水，是田的生命之源，如母親般，用它綠
色的手臂，環繞保護著田中的禾苗。而那兩座山峰，為了表
示它對人的友善，竟推門而入，送來了滿山的綠意。水光山
色，經此渲染，全變成了活生生的人類好朋友了呢！

春歸何處，寂寞無行路。

春歸何處，寂寞無行路，若有人知春去處，喚取歸來同住。

春無蹤跡誰知，除非問取黃鸝。百囀無人能解，因風飛過薔薇。

——宋・黃庭堅　清平樂

　　春，來的時候，是大張旗鼓的，先是梅花透露消息，然後是五天一候的花信，慢慢把春引上大地的舞台，直到萬紫千紅，把大地妝成一片錦繡，博得多少人讚嘆歌詠。然後，似乎只在一夕之間，春天去了。

　　春到底回到那裡去了？那麼靜悄悄地，就讓出了舞台，寂寞的走了，走向何方，連一點蛛絲馬跡也沒留下……

　　擬人的手法，把「春」塑造成了悄然隱沒的巨星，留給人無限的思念。

雲破月來花弄影

水調數聲持酒聽，午醉醒來愁未醒。送春春去幾時回，臨晚鏡，傷流景，往事後期空記省。

沙上並禽池上暝，雲破月來花弄影。重重簾幕密遮燈，風不定，人初靜，明日落紅應滿徑。

——宋·張先　天仙子

　　滿天的雲翳漸散，裂出了靛黑深邃的夜空。明月，突破雲封，露出了笑臉。地上的花枝，歡呼似的，在微風中搖曳出曼妙生動的花影闌珊。

　　雲和月，本來都是自然現象，是詩人刻意用「破」、「來」兩個動詞，賦予它們鮮活流動的生命。「弄影」，更給花枝搖曳，加上了一番歡欣嫵媚的動人色彩。把尋常景觀，轉化成似乎有意識的行為，更顯得生動活潑而有韻致。怪不得張先因此而被稱為「雲破月來花弄影郎中」。他喜用「影」字，自稱「張三影」，另二「影」為：「嬌柔嬾起，簾壓捲花影」；「柳徑無人，墮飛絮無影」。

試上高峰窺皓月，偶開天眼覷紅塵，可憐身是眼中人。

山寺微茫背夕曛，鳥飛不到半山昏，上方孤磬定行雲。

試上高峰窺皓月，偶開天眼覷紅塵，可憐身是眼中人 。

──清‧王國維　浣溪沙

　　人，常會在「自我膨脹」中，不知自己是誰；別人的鼓勵、讚美，像一座雲梯，使人不知不覺把自己懸到幻想的半空中，而不自知。

　　若有一天，真正去攀一座山。山，已夠高大了，而明月，還懸在難以企及的天上，往往才如當頭棒喝一樣，打醒了迷夢；人，自以為高，若自天的角度向下望，自己也不過是擾擾紅塵中一介凡夫俗子。在天眼中的人，不會比人眼中的螻蟻更大，只是柔弱渺小的一種生物而已。不知卑微，而自許偉大，才真是可笑復可憐。

儂今葬花人笑癡，他年葬儂知是誰。

……爾今死去儂收葬，未卜儂身何日喪。儂今葬花人笑癡，他年葬儂知是誰？試看春殘花漸落，便是紅顏老死時。一朝春盡紅顏老，花落人亡兩不知。（節錄）

——清・曹雪芹　葬花詩

　　紅樓夢中的林黛玉，是一個體弱多病，又多愁善感的少女，父母雙亡的悲苦身世；詩詞歌賦的文學素養；疑懼多心，又爭強好勝的性情；伶牙俐齒，又不留餘地的鋒芒，造成了她注定的悲劇命運。

　　也許這樣性情和身體，特別容易產生生命無常的悲觀傾向。因此，她在暮春時，見到落花飄零，便觸景傷情，想到自己也紅顏薄命。於是，基於一種自憐的移情，而收拾殘花，裝入錦囊，把花埋葬。又由自己葬花，想到有朝一日，自己如落花般凋零時，不知誰來葬自己，而傷情不已。這種唯美情懷的悲觀，曾感動了無數少年少女。但畢竟太灰暗而不健康，只宜欣賞文學之美，不宜效顰。

一懷愁緒，幾年離索，錯！錯！錯！

紅酥手，黃籐酒，滿城春色宮牆柳。東風惡，歡情薄，一懷愁緒，幾年離索，錯！錯！錯！
春如舊，人空瘦，淚痕紅浥鮫綃透。桃花落，閒池閣，山盟雖在，錦書難託，莫！莫！莫！

——宋・陸游　釵頭鳳

　　人生有許多無奈，相愛的人，不能結合；結合的恩愛夫妻，被迫分離。中國婆媳不和，導致的悲劇，是典型的「家庭倫理悲劇」的基本模式。焦仲卿與劉蘭芝；陸放翁與唐蕙仙；沈三白與陳芸娘……生離、死別，純情，竟是一種錯誤！

　　錯！錯！錯！血淚交迸，只凝聚成一個刻骨銘心，痛斷肝腸的「錯」！錯的是誰呢？純孝的人子，不敢怨天，不敢怪父母，只能委諸情深緣淺的命！

　　一別數年，彼此的影子，都一刀一血痕的鏤在心底埋藏。隱隱的痛楚，是唯一心犀相通的鐵證。男婚，女嫁後的重逢，真是情何以堪，除了「錯」，能說什麼？

人到情多情轉薄，而今眞箇悔多情。

風絮飄殘已化萍，泥蓮剛倩藕絲縈。珍重別拈香一瓣，記前生。

人到情多情轉薄，而今真箇悔多情。又到斷腸回首處，淚偷零。

　　　　　　　——清．納蘭性德　攤破浣溪沙

　　感情愈豐富，愈執著的人，愈是注定了一生一世為情所苦。當苦到極致的時候，有時，反而一下全參悟透了，一揮慧劍，便割斷了所有的情絲牽絆；情，是愁根，情，是人一生最大的魔障；情，使人與己都陷入苦海中，萬劫不復；情，造成了抱恨終天的一世悔尤，還要繼續下去嗎？

　　人，怎麼能如此的害人害己？沒有情，就沒有一切嗔癡愛怨的情孽糾纏，沒有悲歡離合的思憶痛苦，沒有「他生未卜此生休」的彷徨躑躅，沒有……

　　怎能執迷下去？繼續去做被情誤盡此生的犧牲者？代價已付得太大了，不能再付了，不能！

夏之卷

瘦影自臨春水照，卿須憐我我憐卿。

新妝竟與畫圖爭，知在昭陽第幾名？瘦影自臨春水照，卿須憐
我我憐卿。

——明‧馮小青　絕句

　　馮小青，是明傳奇《小青傳》中的人物，姿容才華並
皆絕艷，卻生而薄命，給人做妾，又不容於大婦。迫令獨居
於孤山，幽憤悽惻，寄託詞章，不久，抑鬱而死，卒時年僅
十八歲。所謂「蚤慧福薄」常是古代閨中才女的共同命運，
到底是福慧才壽彼此相妨呢？還是在「女子無才便是德」的
時代，才女受到太多的壓抑與嫉妒不容呢？

　　像這樣一位才貌雙絕的女子，處於孤獨蕭索的境遇中，
常不免一種自憐乃至自戀的傾向。這一種病態傾向，與其說
天生，不如說後天環境造成。寂寥冷落，鏡中的影子，成了
唯一的伴侶與知己，「卿須憐我我憐卿」，其中悲楚，是何
等深切。

不可一日無此君

王子猷嘗暫寄人空宅住，便令種竹。或問：「暫住何煩爾？」
王嘯詠良久，直指竹曰：「不可一日無此君！」

——晉・王徽之　世說新語　任誕

許多人都有一些異於常人的「最愛」，愛到一刻也離不
開，少不了。從每個人的「最愛」中，也可了解這個人的品
味高下。

晉代的王徽之，是一個愛竹成癖的人。他自己家裡，固
然種了無數的竹子，到別的地方，借人家的空宅暫住，也忙
著命人種竹。他的朋友笑他，未免太不怕麻煩了，住幾天就
走，何必如此。他卻怡然吟詠，指著竹子說：

「不可一日無此君！」

後世蘇東坡也說：「無竹令人俗。」而俗，是不可醫的
「絕症」，令人嫌惡。看來，也是王徽之的知己。

投我以木桃，報之以瓊瑤。

投我以木瓜，報之以瓊琚。匪報也、永以為好也。

投我以木桃，報之以瓊瑤。匪報也、永以為好也。

投我以木李，報之以瓊玖，匪報也、永以為好也。

──詩經・衛風　木瓜

　　許多人都以為古人非常保守，尤其男女之間，大概連見面都受禮教限制。女孩子，不出閨門一步，更別說主動向男孩示愛了……。那，得看是近古還是遠古。遠古，風氣還是很「開放」的，尤其民間，沒那麼多繁文縟節。及齡的男女，甚至「官方」都明訂辦法，開方便之門呢！

　　女孩子看到中意的男孩，也有一種彼此「共識」的方式表達：把水果丟給他。如果剛巧男方也有意，就可以送件玉佩之類的信物，公開訂情了。真是有趣的方式吧？像《木瓜》詩，就是成功的實例。一直到晉代，都還有此風。有名的美男子潘安仁，駕車出去，都「擲果盈車」滿載而歸呢！

歸時休放燭花紅，待踏馬蹄清夜月。

晚妝初了明肌雪，春殿嬪娥魚貫列，鳳簫吹斷水雲閒，重按霓裳歌遍徹。

臨風誰更飄香屑，醉拍闌干情味切，歸時休放燭花紅，待踏馬蹄清夜月。

—五代・李煜　玉樓春

　　古代，沒有電燈，晚上走路，既無路燈，也無手電筒照明。照明工具，是點著蠟燭的燈籠。但在有月亮的晚上，月華清如水，便連燈籠也覺多餘了，反而減損了月夜的清幽情調。因此，李煜命人滅了燭火，控轡讓馬緩緩踏著月光回宮去。

　　李後主的詞，後一半極其淒苦，前一半則集富貴溫柔，閒雅風流於一身。他本身就是天生藝術家的氣質，精研詞章、書畫、音律、歌舞。而他先後兩位國后，也是極富才藝，又知情解語的女子。因此，他前半生，全在風雅浪漫中度過。這樣處處講究情調的性情，真不宜為人君呀。

春歸如過翼,一去無迹。

正單衣試酒,悵客裡,光陰虛擲,願春暫留,春歸如過翼,一去無迹。為問花何在,夜來風雨,葬楚宮傾國。釵鈿墮處遺香澤,亂點桃蹊,輕翻柳陌。多情為誰追惜?但蜂媒蝶使,時叩窗槅。東園岑寂,漸蒙籠暗碧,靜繞珍叢底,成嘆息。長條故惹行客,似牽衣待話,別情無極。殘英小,強簪巾幘。終不似,一朵釵頭顫裊,向人欹側。漂流處,莫趁潮汐。恐斷紅,尚有相思字,何由見得?

——宋·周邦彥　六醜

美好的時光,總是過得特別快,偏偏,人因著沉醉在美好時光中,全不留心……

春天呢?春天就這樣不見了。像劃過晴空的飛鳥,翅影一閃,已然消失了,連一點痕跡也沒有留下!

不是嗎?因為大自然舞台上,一種花謝了,馬上就有另一種接替,不曾冷落過。感覺上,也一直花團錦簇,不以為異。然後,薔薇開了,薔薇謝了。天氣漸漸熱了起來,東園中,綠,竟成了主要的色調,一陣風風雨雨,便像為春吹奏了驪歌,枝頭只留幾朵殘花點綴。花呢?有些落到草地枯萎了,有些隨著流水飄走了。春,真的去了……

等是有家歸未得，杜鵑休向耳邊啼。

近寒食雨草萋萋，著麥苗風柳映隄；等是有家歸未得，杜鵑休
向耳邊啼。

——唐・無名氏　雜詩

　　古代詩人，常為鳥的啼聲作翻譯，杜鵑鳥啼聲是「不如
歸去」。

　　住在家鄉，一家團聚的人，聽在耳中，想必是無動於衷
的；他不用「歸去」，他正在家中。但，這一聲聲悲泣如啼
血的「不如歸去」，如果聽在異鄉遊子耳中呢？尤其若是基
於種種客觀因素，戰亂啦，貶謫啦，路途遙遠啦，總之，在
「歸去」已奢侈到不可能的遊子耳中，那種擊中隱痛，而無
從逃避的痛苦，是何等椎心刺骨呀！

　　當此起彼落的「不如歸去」響起，真令人無所逃遁，只
能懇求杜鵑「不要再叫了」吧？

萬古雲霄一羽毛

諸葛大名垂宇宙，宗臣遺像肅清高。三分割據紆籌策，萬古雲霄一羽毛。伯仲之間見伊呂，指揮若定失蕭曹。運移漢祚終難復，志決身殲軍務勞。

——唐・杜甫　詠懷古跡其五

　　這是杜甫一系列「詠懷古跡」中的第五首。詠嘆的對象是諸葛亮，讚美他對三國蜀漢的貢獻。

　　中國所有鳥類中，最被尊崇的是鳳凰，杜甫推崇諸葛亮是從古至今，最偉大崇高，翱翔於雲端的一隻鳳凰！將與宇宙同垂於不朽。

　　雖然，諸葛亮一生功業，到最後算是失敗的。但，杜甫認為，這是漢的運數到了終結的時候了，任何人也難以起死回生。諸葛亮明知這樣的結果，還決心「鞠躬盡瘁，死而後已」，才更見他人格的偉大。並推許他和伊尹、呂尚不相上下，更勝過蕭何、曹參。雖死於勞瘁，仍生氣凜然！

落紅不是無情物，化作春泥更護花。

浩蕩離愁白日斜，吟鞭東指即天涯。落紅不是無情物，化作春泥更護花。

—清・龔自珍　離京

　　花，是大自然恩寵下的產物；日光，水，土壤供給了根莖枝葉欣欣生長的養分。然後，把精華集中，做炫目的展現——開花。

　　花受盡了恩寵，卻在短暫的盛放後萎謝，除了娛人眼目於一時，對大自然，豈能沒有絲毫回饋？花，不是這樣薄情無義，不知感恩的。它願回歸於大地，化作泥塵養分，來滋養護惜下一季的花開。

　　這一種不惜粉身碎骨，化為泥塵的摯情，一般多用於兒女之情。其實，擴大言之，對國家、對民族，乃至全人類，不都該抱持這一種感恩之心，以圖回報嗎？

不如憐取眼前人

一向年光有限身，等閒離別易銷魂，酒筵歌席莫辭頻。

滿目山河空念遠，落花風雨更傷春，不如憐取眼前人。

——宋・晏殊　浣溪沙

　　喜新厭舊，捨近求遠，似乎是人類共同的弱點了。近在咫尺的人，常被忽略得「視而不見」，偏要等到遠隔天涯的時候，才思念不置。才想「早知道……」，可悲的是，天下就是沒有「早知道」這回事。所以，人總在後悔莫及中輪迴。

　　遠方的人更好嗎？不見得，更美嗎？也不見得，其實，真要論起來，自己受身邊之人的德惠，豈不更多？只是，是「距離美感」，把不易相見的人物美化了。對遠方人，只念其優點，眼前人，卻有挑剔不完的缺點。

　　真不公平呀！何必如此虛擲了感情去追求那不可及的呢？還是多珍愛自己擁有的吧！別讓他失落了。

以直報怨，以德報德。

或曰：「以德報怨，何如？」子曰：「何以報德？以直報怨，
以德報德。」

——春秋・孔子　論語　憲問

　　常聽人說「以德報怨」，事實上，有多少人能做到這一
點？而且，這樣的做法，是否合理合宜？若對方幡然悔悟，
洗心革面，尚有可說。如若不然，就成了變相的放縱姑息，
更添一些人去受害。

　　因此，孔子在有人提出這句話時，反問：「以德來報
怨，那用什麼來報德呢？」

　　孔子的主張是：「對對你不好的人，以公平正直來處置
他，不要因仇怨而偏頗。對有恩德於你的人，才該以恩德回
報。」這才是合情合理的做法。

侯門一入深似海，從此蕭郎是路人。

公子王孫逐後塵，綠珠垂淚滴羅巾，侯門一入深似海，從此蕭
郎是路人。

—唐・崔郊　贈詩

　　古代貧寒人家的女兒，常在父母無法生活時，被賣到大
戶人家去做丫環。丫環的等級也很多，有些美貌聰慧，得到
主人歡心的，也可能被納為姬妾。這種賣女的券契，通常是
賣斷的，被賣之後的際遇，就完全「身不由己」了。與原先
的一切關係，也幾乎斷絕。而且，賣入的人家，門第官職愈
高，愈是門禁森嚴。深宅大院的，與外界隔絕，別說見面，
連通音信都難。

　　崔郊的情人，就是被賣入了侯門之中。在偶然機緣見面
後，崔郊自知緣盡，卻不勝其情，作詩寄意。主人讀詩後，
深為感動，便成全了他們。

晴日催花暖欲然

春深雨過西湖好，百卉爭妍，蝶亂蜂喧，晴日催花暖欲然。
蘭橈畫舸悠悠去，疑是神仙，返照波間，水闊風高颺管絃。

——宋·歐陽修　采桑子

　　枝頭，紅色的花朵正盛放，太陽的光，直射在紅花上，那一份耀目亮麗，在詩人眼中，已不是一朵朵的花，而是一簇簇燃燒的火焰了。

　　退休了的歐陽修，到他曾做過官的潁州居住，以安渡餘年。潁州之西，有一個湖，也叫「西湖」。風景秀麗，老年的歐陽修，非常喜愛這個「西湖」的風光，作了一系列十首《采桑子》，寫盡了西湖的湖光山色，風物人情。也由這些作品中，了解他晚年生活的情趣，和那一份寄情於大自然的怡然自得。對一個既富學養，又懂生活藝術的人來說，退休，也未必枯燥寂寞呀。

荷笠帶斜陽，青山獨歸遠。

蒼蒼竹林寺，杳杳鐘聲晚。荷笠帶斜陽，青山獨歸遠。

——唐·劉長卿　送靈澈

同樣是送別，送的對象不同，感情也就有所不同。送別情人，固然纏綿悱惻，送別朋友，也離情依依。而劉長卿所送別的這位靈澈，是一位方外僧人，所用的筆法，便沖淡而悠遠，不帶塵俗氣了。

廟，座落在蒼茫的深山中，傳出的晚鐘，也幽幽杳杳。這時，夕陽銜山，照著把竹笠背在身後的靈澈的背影，向群山深處行去……

寫來不帶一絲煙火氣，正配合著靈澈出家人的身份。暮色蒼茫，晚鐘幽杳，一個「獨」字，表現了出家人無牽無礙的超然灑脫。卻又隱隱留給送行者一份寂然之感，使短短二十字的小詩，充滿空靈的寂情。

凱風自南，吹彼棘心，棘心夭夭，母氏劬勞。

凱風自南，吹彼棘心，棘心夭夭，母氏劬勞。
凱風自南，吹彼棘薪，母氏聖善，我無令人。
爰有寒泉，在浚之下，有子七人，母氏勞苦。
睍睆黃鳥，載好其音，有子七人，莫慰母心。

——詩經・邶風　凱風

　　看過新生的嬰兒嗎？小小的，好軟，好柔弱，若沒有母親的哺育呵護，他是一天也活不下去的。

　　小樹苗也是，纖弱柔嫩的芽心，經不起嚴霜厲雪。只有在和煦的南風撫慰下，才能欣欣向榮。

　　詩人以南風比喻慈母，棘薪的嫩芽，比喻兒女，兒女一天天長大，全是慈母辛苦操勞的結果呀！

　　千辛萬苦，把孩子拉拔大了，母親本身卻也在勞瘁中老去。為人子女者，若不能反哺盡孝，真是枉自為人；即使是有小小的孝心，也未能回報母親恩德於萬一呀！

悲歡離合總無情，一任階前點滴到天明。

少年聽雨歌樓上，紅燭昏羅帳。中年聽雨客舟中，江闊雲低斷
雁叫西風。

而今聽雨僧廬下，鬢已星星也。悲歡離合總無情，一任階前點
滴到天明。

——宋·蔣捷　虞美人

　　在每一個人生階段，人，都有不同的心境與感情，對同
一件事物的反應，也就因而會有差異。

　　少年意氣飛揚，在歌樓上聽雨，沉湎於旖旎溫柔中，
紅燭燈昏，羅帳低垂，雨聲入耳，也如音樂般輕悅歡快。到
了中年，顛沛流離，四處飄泊，客舟中聽雨，只覺蒼涼，恰
似低飛哀鳴，無枝可棲的孤雁。老年，聽著聲點點滴滴，不
復有強烈的情緒起伏，禪定中，任雨聲自吟自唱，直到天
明……

誰言寸草心，報得三春暉。

慈母手中線，遊子身上衣，臨行密密縫，意恐遲遲歸，誰言寸草心，報得三春暉。

——唐・孟郊　遊子吟

　　有人說，這首大家耳熟能詳的《遊子吟》，已不合時宜了；現代，除非是裁縫，誰的媽媽還「慈母手中線」的去「密密縫」衣呢？大多數人的衣服，都是買現成的。甚至，會用針線替孩子釘個鈕釦的媽媽，都不太多了。

　　是真的，時代的變遷，使「母親」這個角色，不再定位在燒茶煮飯，縫洗衣服上。許多工作，都已有機器或現成的成品代勞，都可以用錢買，而不必母親親自做了。

　　但，母親之為母親，在於她為兒女付出的愛。你可以買成衣，做的人，賣的人並不愛你；你可以上館子吃飯，大廚也絕不會為愛你而特別經心。錢買得到許多東西，買不到母親那份把你視為天下唯一的「愛」！

誰道閒情拋棄久？每到春來，惆悵還依舊。

誰道閒情拋棄久？每到春來，惆悵還依舊。日日花前常病酒，
不辭鏡裡朱顏瘦。
河畔青蕪堤上柳，為問新愁，何事年年有？獨立小橋風滿袖，
平林新月人歸後。

──五代・馮延巳　鵲踏枝

　　自欺，似乎是人保護自己的一種本能。對無以言宣，又
無法負荷的感情，自欺的方式是：把他忘了。拋開不想，也
不再提起。

　　這就彷彿埋下一顆種子，再覆蓋上泥土一樣。泥土掩住
了種子，然後宣稱：「已經把過去埋葬了。」

　　的確看不見了，種子卻在泥土中生根、發芽，到了萬物
滋長的春天，就應和著自然的定律，破土而出。反而增添了
心中的惆悵。人，能自欺。愁，卻年年逢春就滋生蓬勃呵！

過盡千帆皆不是

梳洗罷，獨倚望江樓。過盡千帆皆不是，斜暉脈脈水悠悠，腸斷白蘋洲。

—唐·溫庭筠　夢江南

等待，是一種無止盡的煎熬。

時間，忽然怠了工，放慢了腳步。等待的人，期盼，眺望，坐立不安，總怕錯失了歸人的身影，可是⋯⋯

由希望，到不敢存希望，怎忍又怎甘放棄？眺著，望著，一艘又一艘的帆船，從眼前滑過；是過客，不是歸人。

好漫長的一天，卻也熬過去了。從晨起梳妝後，直望到夕陽黃昏，他⋯⋯今天不會來了。

那在期盼、等待，失望中迷濛的眸，仍依依在夕陽影中，向悠悠流水癡望。誰知她，已在等待中，寸斷了柔腸？

何處是歸程，長亭更短亭。

平林漠漠煙如織，寒山一帶傷心碧，暝色入高樓，有人樓上愁。
玉階空佇立，宿鳥歸飛急。何處是歸程，長亭更短亭。

——唐·李白　菩薩蠻

　　古代交通不便，不論駕車，騎馬，或是靠兩條腿走路，
都需要有個歇腳休息的地方。因此，大路邊，隔五里，有一
座小亭子，隔十里，有一座大亭子，稱為短亭，長亭。行
人，在這兒歇腳，送行的人，也往往送到十里長亭，以表依
依不捨的情意。

　　離鄉的路，就是沿著長亭、短亭走出來的。它，同時
也是歸鄉之路；遊子不是不知道，順著這條路，長亭、短亭
的，就可以走回家鄉去。但，知道又如何呢？正因為知道，
望著長亭短亭連綿的延續，才更加的傷痛；鳥，到了傍晚，
就急切切的歸巢了，人呢？……

樹若有情時，不會得、青青如此。

漸吹盡，枝頭香絮，是處人家，綠深門戶。遠浦縈回，暮帆零亂，向何許？閱人多矣；誰得似，長亭樹。樹若有情時，不會得、青青如此。

日暮，望高城不見，只見亂山無數。韋郎去也，怎忘得、玉環分付？第一是，早早歸來，怕紅萼，無人為主。算空有幷刀，難翦離愁千縷。

——宋·姜夔　長亭怨慢

　　樹，是人種的，可是，樹一天天茁壯茂盛，人卻一天天步向衰老之途。在晉朝時，桓溫北征，經過金城，看到昔年手種的楊柳，已然十圍。不禁流淚，發出「樹猶如此，人何以堪」的慨嘆。

　　樹之所以茂盛而長青，大概因為它天生地養，又沒有人類喜怒哀樂，嗔癡愛怨的七情六欲吧？人的煩憂實在太多了，為愛情苦、為相思苦、為衣食苦、為功名苦……為自己，已有如此多苦，還有國家呢？社稷呢？天下蒼生呢？怎怪得，短短數十寒暑，就把人折磨得垂垂老矣。樹無情，是它幸運呀，若有情，還能如此青蔥茂盛嗎？

晚風拂柳笛聲殘，夕陽山外山。

長亭外，古道邊，芳草碧連天，晚風拂柳笛聲殘，夕陽山外山。天之涯，地之角，知交半零落，一瓢濁酒盡餘歡，今宵別夢寒。

——民國·李叔同　送別

　　晚風，吹拂著參差的柳影，奏著驪歌的笛聲，餘音裊裊的飛散在暮色中。芊綿芳草，直鋪到天邊，與天相銜。

　　夕陽，向山外沉落，在我們目光所及的山外，還有無數重的疊疊青山，準備插在我們之間，成為我們重逢再見的阻隔⋯⋯

　　李叔同，是兼具多重身份的「異人」，他於音樂、美術、書法、文學、戲劇，都經涉獵，且卓然有成，是位藝術大師。三十九歲出家，法號弘一，精研佛學，又為一代高僧。

　　《送別》，是他兼作詞曲的藝術歌曲。高雅優美，情詞並茂，傳唱數十年，歷久不衰，允稱不朽之作。

試把花卜歸期，纔簪又重數。

寶釵分，桃葉渡，煙柳暗南浦。怕上層樓，十日九風雨。斷腸
片片飛紅，都無人管，更誰勸、啼鶯聲住。

鬢邊覷，試把花卜歸期，纔簪又重數。羅帳燈昏，哽咽夢中
語。是他春帶愁來，春歸何處？卻不解，帶將愁去。

——宋·辛棄疾　祝英臺近

　　「窮算命，富燒香」，這兒的「窮」「富」，並不一定
指金錢的多寡，而是境遇的順逆。順境中的人，心懷感謝的
燒香拜佛。身處逆境，急於知道自己未來走向如何，便不免
「寧信其有」的去占卜算命，希望得到指點了。

　　閨閣中的女孩子，滿懷情思愁緒，無以言宣，甚至也不
能公然問卜，只有心到神知的用自己的方式來占卜吉凶。

　　這方式，倒是中外皆有之，摘一朵重瓣，數不清瓣數的
花，單雙、單雙的卜起來。單凶雙吉，以卜他是否平安，是
否相愛，是否歸來……

　　而不論所卜結果如何，凶，不願相信，吉，不敢相信。
「纔簪又重數」把癡心女兒的幽微心理，寫得傳神極了。

一個是水中月，一個是鏡中花。

一個是閬苑仙葩，一個是美玉無瑕。若說沒奇緣，今生偏又遇著他。若說有奇緣，如何心事終虛話。一個枉自嗟呀，一個空勞牽掛。一個是水中月，一個是鏡中花。想眼中能有多少淚珠兒，怎禁得、秋流到冬，春流到夏。

──清・曹雪芹　紅樓夢　枉凝眉

　　佛家講「四大皆空」，但，能參悟這一個「空」字的，又有多少人？除了本身的慧根，往往也要歷經無數的坎坷挫折，傷心血淚，才一下參透了人生的虛幻；我們所念所慕，所思所見，所得所失……到頭來，也不過是一個「空」字。

　　紅樓夢中的賈寶玉、林黛玉之間的愛情，還不夠刻骨銘心嗎？到頭來，賈寶玉才了悟：一切不過是「空」。再美的夢，也終有醒的時候。水中，倒映的月影，無法撈得；鏡中，映照的花枝，無法摘取。但不到了悟，人又將為這一份虛幻的愛情，付出多少椎心泣血之痛！

帶月荷鋤歸

種豆南山下，草盛豆苗稀。晨興理荒穢，帶月荷鋤歸。道狹草
木長，夕露霑我衣，衣霑不足惜，但使願無違。

——晉·陶潛　歸田園居五首之三

　　農家的生活，是十分辛苦的。 對一個普通的人來說，
大概只覺得操勞之苦，粗重的工作，體力汗水的透支，這其
中，沒有風雅可言；風雅的，是旁觀者距離美感造成的美化
效果，不在於農人本身。

　　但，陶淵明卻是真正把風雅融入農事生活中的人。他放
棄了那必須折腰換五斗米的官職，回鄉做了真正的農夫。一
早，去南山下的豆田裡除草，一直到晚上，才頂著月光荷鋤
歸來。這月下荷鋤而歸的身影，疲憊可知。但陶淵明沒有把
自己放在形體勞累的層次上，他甘之如飴，因為，這是他所
選擇的。這種甘之如飴，才是使陶詩「美」的重點，它美得
真實，美得自然，沒有半點矯情。

大江東去，浪淘盡、千古風流人物。

大江東去，浪淘盡、千古風流人物。故壘西邊，人道是，
三國周郎赤壁。亂石崩雲，驚濤裂岸，捲起千堆雪。江山
如畫，一時多少豪傑？
遙想公瑾當年，小喬初嫁了，雄姿英發。羽扇綸巾，談笑
間，強虜灰飛煙滅。故國神遊，多情應笑我，早生華髮。
人生如夢，一尊還酹江月。

——宋・蘇軾　念奴嬌

　　歷史，是一條長河，滔滔滾滾，不斷的流著。有些地方
平緩，有些地方湍急，翻騰時，飛濺著聲勢驚人的浪花，平
靜時，輕漾著低緩起伏的柔波……

　　一代代的人與事，投入了長河，成為永恆中的一幕短
劇，不管在當時如何的驚天動地，總也抵不過時間波浪的淘
洗，成為消失在長河中的泡沫……

　　面對著東流長江，站立在「赤壁」上，蘇軾神魂飛越
的想起在這一塊土地上，曾發生的轟轟烈烈的歷史大事：周
瑜火燒赤壁。然而，如今，當年這些雄姿英發的英雄豪傑安
在？只有長江水，依然滔滔滾滾的向東流去……

香稻啄餘鸚鵡粒，碧梧棲老鳳凰枝。

昆吾御宿自逶迤，紫閣峰陰入渼陂。香稻啄餘鸚鵡粒，碧梧棲
老鳳凰枝。佳人拾翠春相問，仙侶同舟晚更移，綵筆昔曾干氣
象，白頭吟望苦低垂。

——唐·杜甫　秋興八首之八

　　詩，是最美麗而內涵豐富的文體，也是需要匠心獨運，
以少勝多的文體。特別講究文字的「魅力」。這兩句詩，就
是「倒裝句法」的經典之作。若按一般語法，大概是：「鸚
鵡啄餘香稻粒，鳳凰棲老碧梧枝」，二者相較，頓覺平淡無
奇，絲毫不見生動了。

　　識字的人很多，會寫作的人很少；會寫作的人中，又以
作詩難度最高。而能琢字鍊句到杜甫這樣的程度，又不因文
字的精鍊而流於空洞無物的「唯美主義」，那才是真正難能
可貴的！杜甫一生艱困，不也正是「天將降大任於斯人也」
嗎？「詩聖」之名，他的確當之無愧。

鴻雁在雲魚在水，惆悵此情難寄。

紅箋小字，說盡平生意。鴻雁在雲魚在水，惆悵此情難寄。
斜陽獨倚西樓，遙山恰對簾鉤。人面不知何處，綠波依舊東
流。

──宋‧晏殊　清平樂

　　古代郵遞不便，在人受山川阻隔，無法相見，只有靠書
信傳達情意的時候，便把捎書帶信的任務，寄託於每年固定
南來北往的候鳥鴻雁，和水中洄游，溯流長征的游魚了。幻
想，他們可以做信使，藉著他們，超越空間的阻隔，為人們
傳遞音信。

　　一頁紅色的小箋，密密麻麻寫著小小的字體，把自己一
腔的情意，盡情傾吐。可是，雁飛在高天之上，魚沈在深水
之中，都可望而不可及，這一番情意，又如何能靠他們傳達
呢？無限的幽怨與悵惘，答案卻在詞的下片中：「人面不知
何處」，他，未曾留下地址……

東邊日出西邊雨，道是無晴還有晴。

楊柳青青江水平，聞郎江上踏歌聲；東邊日出西邊雨，道是無
晴還有晴。

—唐‧劉禹錫　竹枝詞

　　「竹枝」，本是巴渝一帶的鄉土歌謠，歌詞俚俗，所
唱的，多是當地風俗民情。鄉民們，一邊唱，一邊舞，地方
色彩濃厚，頗具特色。劉禹錫任朗州司馬，感於民歌質樸可
喜，只是詞太低俗，便利用民歌的曲調和風味，改寫新詞，
稱為「竹枝詞」，雖也是七言四句，卻不同於七絕，算來，
反而比較接近「詞」，屬於一種樂府詩。

　　這兩句詩，利用自然氣象的形態，以「雙關語」來表
達心中似羞似喜，若即若離的兒女情態。不僅趣味十足，而
且異常逼真；那種女孩子矜持，令人摸不透的神情，宛然在
目。真如又出太陽又下雨的氣候，不知算不算有晴（情）。

開到荼蘼花事了

一從梅粉褪殘妝，塗抹新紅上海棠。開到荼蘼花事了，絲絲天棘出莓牆。

——宋·王淇　春暮遊小園

　　從梅花開始，五天一番的花信，此起彼落的陸續上場，園中總是有花可賞，也就有些習慣，而不經意起來。春天，總是在那兒的，花，總是開著的，良辰美景也因見慣而未加意珍惜。

　　然後，園中的荼蘼，爛爛縵縵的開得滿架；才驀然驚覺，二十四番的花信，竟在不知不覺中全開過了。荼蘼，已是花信倒數第二候花了，待荼蘼謝去，只剩一番楝花，一春花事，就算終結了。

　　人生，不也常常這樣嗎？總到「開到荼蘼」，才惋惜忽略的太多。

人生自古誰無死，留取丹心照汗青。

辛苦遭逢起一經，干戈寥落四周星。山河破碎風飄絮，身世浮
沉雨打萍。惶恐灘頭說惶恐，零丁洋裡嘆零丁。人生自古誰無
死，留取丹心照汗青。

　　　　　　　　　　　　　——宋・文天祥　過零丁洋

　　一個人，只能活一次，當然‧生命是可珍的。

　　可是，人生的價值和意義，並不在於生命的久暫，而在
於生命歷程中，是不是活出了超越有形生命的更高境界與層
次。死，並不可怕，可怕的是卑屈可恥的苟活人世，甚且遺
臭萬年。

　　人，總要死旳，便一時貪生苟活，又何能逃得了大限？
為了這短短幾番寒暑，葬送了人格、氣節，生前，被人唾棄
辱罵，死後，遺禍子孫蒙羞。何如坦坦蕩蕩，清清白白的捨
生取義，把一片丹心忠忱，留傳於千古史冊？以一死喚醒民
族魂，真是「重於泰山」，死得值得！

只恐夜深花睡去，故燒高燭照紅妝。

東風嫋嫋泛崇光，香霧空濛月轉廊。只恐夜深花睡去，故燒高燭照紅妝。

——宋·蘇軾　海棠

　　海棠是一種非常嬌柔美麗的花，總帶著幾分慵孏嫵媚的動人韻味。所以，唐明皇就曾在楊貴妃宿醉未醒時，讚嘆：海棠還未睡足呢！海棠春睡，便成了形容美人睡姿的專用詞語。

　　月下賞花，是一種文人雅致。可是，月影迷濛，如隔霧看花，美則美矣，終欠真切。花下的宴會，缺少了照明，也不方便。蘇軾不說為了照明而點上蠟燭，卻說，怕夜深了，海棠想睡覺，所以點上蠟燭，來照醒海棠，以便大家欣賞她嬌慵的花容。

　　詩人的思致新穎活潑，由此可見。

123

樂莫樂兮新相知，悲莫悲兮生別離。

樂莫樂兮新相知，悲莫悲兮生別離。

—春秋・齊・杞梁妻　琴歌

　　人生最大的快樂，莫過於結交了新的知己朋友；人生得一知己，可以死而無憾，可見「知己」之難得。得到知己的快樂，自然無與倫比。

　　而人生最大的痛苦，莫過於生離死別。這種生生割斷了血肉相連之情的痛苦，也是無法安慰平撫的。

　　大家都對「孟姜女哭倒萬里長城」的故事，耳熟能詳。但孟姜女的故事是否真實，迄無定論。春秋時代，倒真有一位因丈夫戰死，又無子女，孤子無依。因而在城下痛哭，哭了七天，城為之崩的齊杞梁妻。她曾援琴唱出這兩句辭，稱之為「琴歌」。屈原在《九歌・少司命》中，也有相同的辭語。可知，這是人類的共同感受。

欲窮千里目，更上一層樓。

白日依山盡，黃河入海流，欲窮千里目，更上一層樓。

——唐‧王之渙　登鸛雀樓

　　立足點愈高，視野愈遼闊，這是人所共知的原理。雖然，居住於現代都市，「樓林」處處，更上「一層樓」所見，恐怕也還是別家樓窗。但並不能因此否定了原理的真實性，只是視野受到遮蔽而已。想不受遮蔽，只有超越一途。

　　不僅是目視，常需「更上一層樓」。人生於此世，若想不短視，希望能「放眼天下」，則就不是有形之「樓」可以做到的了，必須以知識為樓，以思想為樓，以胸襟、修養為樓，為自己的「眼界」、「識見」、「智慧」奠基。並且不斷一層一層向上攀登，以求拓展胸襟視野。

　　建築的樓林可見，學問的樓林不可見。若不能努力，便只有在他人陰影下渡日，找不到「自我」，豈不可悲？

新筍已成堂下竹，落花都上燕巢泥。

樓上晴天碧四垂，樓前芳草接天涯，勸君莫上最高梯。

新筍已成堂下竹，落花都上燕巢泥，忍聽林表杜鵑啼。

——宋・周邦彥　浣溪沙

　　彷彿沒多久前，才冒出地面的新筍，因為沒有及時挖取，如今，已長成一竿竿高大的綠竹。暮春時節，飄零的落花，也被燕子，銜上了屋樑，和泥土混合，成為牠們築巢的材料了。

　　感慨於時光的快速，也感於故鄉的遙遠，聲聲杜鵑「不如歸去」的啼叫，令人不忍卒聽！

　　王之渙勸人「更上一層樓」，周邦彥卻「勸君莫上最高梯」。只因，高梯之上，望見的，只是四垂的天幕，直鋪到天涯的芳草，而望不見朝思暮想的故鄉呵！

　　不同的心境，不同的結論，由此可知。

流水落花春去也，天上人間。

簾外雨潺潺，春意闌珊。羅衾不奈五更寒，夢裡不知身是客，
一餉貪歡。

獨自莫憑闌，無限江山，別時容易見時難，流水落花春去也，
天上人間。

——五代‧李煜　浪淘沙

　　從堂堂南唐國主，淪落到宋朝皇帝封為「違命侯」、
「隴西公」，李煜生活和心境的轉變，有如從天堂到地獄。
「以淚洗面」，成為他生活的常態，他是個完完全全天生的
詩人，單純的心性，根本無以應付變局。而故國之思——一
個失國君王的本能，卻是最犯勝利者忌諱的事。他連假裝都
不會，也因此，他的命運，是各「後主」中，最悲慘的。在
宋太宗讀到他這闋詞後，賜牽機毒藥殺了他。

　　當一個人對生命，對前途絕望的時候，往往把痛苦的結
束，寄託於渺茫的虛幻天堂。在那兒，一切得以解脫‧那兒
是另一個世界。春去了，花逐流水所歸向的，也將是自己的
終極歸宿，那是「天上人間」。

山有木兮木有枝，心說君兮君不知。

今夕何夕兮，搴舟中流。今日何日兮，得與王子同舟。蒙羞被好兮，不訾詬恥；心幾煩而不絕兮，得知王子。山有木兮木有枝，心說君兮君不知。

——春秋‧越人　越人歌

　　大概每個人在年輕的時代，都有過「偶像」崇拜，對偶像的心儀、愛慕，無可言宣。當有機與他接觸時，更是欣喜欲狂，又戰戰兢兢，不知如何安頓自己。仰望著他，奈何款款深情，他，不知道……

　　《越人歌》便是這樣一首古老的「情歌」。鄂君子皙，是楚王母弟。他在巡遊時，泛舟於江上，舟中鐘鼓笙歌，十分熱鬧。有一越人，擁楫，唱出了他與鄂君同舟的喜悅，及他私心的戀慕。

　　鄂君聽了非常感動，他的一番戀慕與崇拜，終於獲得了回報。

相思一夜情多少，地角天涯不是長。

樓上殘燈伴曉霜，獨眠人起合歡床。相思一夜情多少，地角天涯不是長。

——唐‧關盼盼　燕子樓詩

　　人們總用「地角天涯」來形容空間距離的遙想，相思的無奈，相見的困難。

　　地角天涯真的是最遙遠的阻隔嗎？不是！地角天涯的遠人，還有回來的可能，若比起生死睽隔，地角天涯，算得了什麼呢？

　　關盼盼是唐朝尚書張建封的愛妾，張建封死後，她獨居燕子樓十餘年，未曾下樓。白居易聞知此事，和她燕子樓詩，有「見說白楊堪作柱，爭教紅粉不成灰」之句，諷她不為張建封殉死。她答信：怕後世人認為我公重色，有殉死之妾，玷辱了他的清譽，因此不敢死。並答詩一首，表明心跡，絕食而死。堪稱是個既深情又節烈的女子。

五月榴花照眼明

五月榴花照眼明，枝間時見子初成。可憐此地無車馬，顛倒蒼苔落絳英。

——宋・朱熹　榴花

　　有些人，有「懷才不遇」之嘆，連花。也有「生不逢辰」的無奈。

　　石榴花，極為紅艷美麗。而且，許多花，開過便了，石榴，還會結實。但，人們的注意力，似乎集中在以石榴花的紅艷形容的「石榴裙」上；當石榴裙穿在美人身上的時候。或者，因石榴果實中「百子千孫」，而用為祝人生子的口采，偏偏就忘了石榴花本身那紅得耀目的美麗姿容！只因，它開在春夏的夾縫裡，春花中，數不到它，夏花，又被荷花奪去了風采。

　　就為那少數真正欣賞的人開吧！

有約不來過夜半，閒敲棋子落燈花。

黃梅時節家家雨，青草池塘處處蛙。有約不來過夜半，閒敲棋
子落燈花。

——宋·趙師秀　有約

等人，是讓人很心焦的事。

窗外，淅淅瀝瀝的下著沒完沒了的黃梅雨。池塘的草
叢中，青蛙正聒噪。約好了來的朋友，直到夜半三更了還不
來，八成是失約了。種種令人煩悶焦躁的事，全積到了一
處，如何自處呢？

這位詩人，既沒有不耐煩的坐立不安，也沒有發脾氣，
只是獨自在燈下研究棋譜，自己在棋盤上打起譜來。啪，落
下一子，輕微的震動，把燒殘的燈花，震落了下來。

何等情致，又何等沖淡悠閒。由此，也可見此人的修
養，當真不凡。

海內存知己，天涯若比鄰。

城闕輔三秦，風煙望五津。與君離別意，同是宦遊人。海內存
知己，天涯若比鄰，無為在歧路，兒女共霑巾。

—唐・王勃　送杜少府之任蜀州

　　有一種朋友，住得相隔很遠，也不常有機會往來，但在心裡，他還是一個很知己、很親切的朋友。你知道，他在那兒，你知道，當你需要的時侯，他會在你身邊，扶持、幫助。空間距離，對你們來說，一點也不構成阻隔；因為，你們的心是相通的，彼此了解的。你們的友誼，不是濃烈的那一種，卻很深很深。

　　同是送別，表達感情的方式，卻有所不同，同樣身在宦海，便了解在宦海中的「身不由己」，送一個到遠方做官的朋友，詩人不要那種小兒女式的哭哭啼啼，卻要對方知道：你到了天涯海角，也依然是我的知己，就和你在隔壁一樣。這對遠行人而言，真是一種安慰吧？

一川煙草，滿城風絮，梅子黃時雨。

凌波不過橫塘路，但目送、芳塵去。錦瑟年華誰與度，月臺花榭、瑣窗朱戶、惟有春知處。

碧雲冉冉蘅皋暮，彩筆新題斷腸句。試問閒愁都幾許？一川煙草，滿城風絮，梅子黃時雨。

——宋·賀鑄　青玉案

　　偶然邂逅，一見鍾情，卻不知伊人姓甚名誰，居何鄉里。惘惘然，只留下滿懷撩亂情思愁緒。

　　常在這種情境下，我們對自己的感情，以「無法形容」帶過。賀鑄不是這樣，他用了極具體，又極貼切的形容，讓人了解他的感情狀況。

　　像籠在暮煙中，河邊蕪蔓滋長的青草；像春暮時，滿城隨風四處飄飛的柳絮；像梅子黃的時候，那終日陰沉沉、濕漉漉、淅淅瀝瀝，無止無休的細雨……

　　這幾句形容，讓人不了解都不行！也因而為他博得「賀梅子」的雅號。

一日風波十二時

西塞山邊白鷺飛，桃花流水鱖魚肥。朝廷尚覓玄真子，何處如今更有詩。

青箬笠，綠蓑衣，斜風細雨不須歸。人間底是無波處？一日風波十二時。

——宋・黃庭堅　鷓鴣天

　　十二時，是按古代時辰的算法；一天有十二個時辰。十二時，也就是現今的一天二十四小時了。

　　張志和的《漁歌子》，是大家都熟悉的。唐憲宗因為欽慕他的人品高潔，命人畫了他的畫像，到處尋訪，卻怎麼找也找不到這位煙波釣徒玄真子。他的哥哥擔心他，就此一去不回來，也作了一闋漁歌子，告訴他，風浪起的時候，要記得回家。

　　黃庭堅作了一闋鷓鴣天代答：「人間那兒有沒風浪的地方呢？一天十二時，人時時刻刻都風波之中啊！」

　　的確，人生無時無處不風波，要把穩了人生之舵，莫偏離了航道呀！

我欲與君相知，長命無絕衰。

上邪，我欲與君相知，長命無絕衰。山無陵，江水為竭，冬雷
震震，夏雨雪，天地合，乃敢與君絕！

——漢，無名氏　上邪

　　感情表達的方式很多，有人含蓄，有人委婉；有人旁敲側
擊，有人單刀直入。大抵，愈是質樸的人，愈是直接了當的見
真性情。

　　上邪，是漢鼓吹鐃歌中的「歌詞」，作者已不可考，對感
情的表達，卻是率真直抒，大概千古以來的信誓旦旦，也跳不
出這一範圍。

　　很有趣的，他直接了當說：「我想跟你成為知己」，全
不問對方反應，便自顧自的「山盟海誓」起來：一連串的山平
了、水枯了，冬天打雷，夏天下雪，還加上天地合在一處，除
非如此，不敢與你絕交。這一番話，真足以驚天地、泣鬼神，
人，能不感動嗎？

水晶簾動微風起，滿架薔薇一院香。

綠樹陰濃夏日長，樓臺倒影入池塘。水晶簾動微風起，滿架薔薇一院香。

——唐·高駢　山居夏日

　　進入夏季，天氣漸漸炎熱了。人們避暑，多往有山有水，有森森林木的地方。除此之外，還須有閒淡清靜的心，才能感覺舒爽清涼。

　　高駢這首詩，題目中，標出「山居」，就少了都市中的喧囂煩擾，給人清幽的第一印象。詩中先寫夏日綠樹的濃陰，再寫樓臺，池塘，又添了幾許清涼意。水晶簾，是透明冰冷的玉石所製，還加上習習微風，已令人為之一爽，再加滿架薔薇飄香。這樣度夏，那一份清趣，又豈是現代人動輒開冷氣，可以比擬？

畢竟憶時多，恨時莫奈何。

有情潮落西陵浦，無情人向西陵去。去也不教知，怕人留
戀伊。

憶了千千萬，恨了千千萬，畢竟憶時多，恨時莫奈何。

——清·蕭淑蘭　菩薩蠻

　　恨，這個字，常並不是那麼單純的。有些恨，源自仇；
家仇、國仇，因仇生恨，那恨就是恨，比較單純。有些恨，
卻源自情，源自愛，因情愛得不到回報與滿足，因而由愛生
恨；恨歸恨，其中情絲愛縷糾葛難解，恨的程度，與愛的程
度，完全成正比例。這種恨，只怕連當事人也無法分析，微
妙異常。未來成悲劇、成喜劇，也還在未定之天。口口聲聲
「恨死」的人，追根究底，只為「愛死」他！所愛的人，一
去不回，當然可恨！可是，撇開矜持，將口問心，答案又是
什麼呢？

花影吹笙，滿地淡黃月

樓烏飛絕，絳河綠霧星明滅。燒香曳簟眠清樾，花影吹笙，滿地淡黃月。

好風碎竹聲如雪，昭華三弄臨風咽。鬢絲撩亂綸巾折，涼滿北窗，休共軟紅說。

　　　　　　　　　——宋·范成大　醉落魄

　　夏夜，銀河耿耿，星光閃爍，鋪一床蓆子，在樹下乘涼。爐中，焚著香，闌珊花影，篩下了一個個黃色的小月亮，落得滿地，那人卻毫無所覺；他正吹著笙，沉浸在樂聲中忘我……

　　這一種夏夜的情趣，是多麼美呀！現代人，雖然擁有了古人「未曾夢見」的物質享受，但在享受的同時，卻失落了許多精神層面的情致與趣味；那是需要悠閒而寧靜的心情和時間，去細細品味的。可惜，現代人最缺乏的，就是這兩樣！

願爲一滴楊枝水，灑作人間並蒂蓮。

稽首慈雲大士前，莫生西土莫生天。願為一滴楊枝水，灑作人
間並蒂蓮。

——明·馮小青　絕句

　　一個不幸的少女，本身既稟絕世之姿，又賦驚人之才，
卻不幸薄命，嫁了一個庸庸祿祿的人為妾，還不容於大婦，
被「放逐」到孤山獨居……

　　這樣一個女孩子，她拜佛祈禱時，該求些什麼呢？她
缺少的太多，不幸的身世，不圓滿的婚姻，孤獨的生活，淒
涼的境遇……也許，求下一輩子，能夠對此世的不幸有所補
償，或是到西方極樂世界去，不再墮入輪迴受苦。

　　她沒有要求那些，只希望，化身為一滴觀世音淨瓶中的
楊枝甘露，去為天下有情人祝福。溫柔敦厚，可憐可愛得令
人為之心疼，更不禁為她的不幸一掬同情淚。

自去自來梁上燕，相親相近水中鷗。

清江一曲抱村流，長夏江林事事幽；自去自來梁上燕，相親相近水中鷗。老妻畫紙為棋局，稚子敲針作釣鉤。多病所須惟藥物，微軀此外復何求？

——唐・杜甫　清江

　　忙！盲！忙！古人雖也有些「俗塵擾擾」的抱怨，比起現代都會生活，仍是望「塵」莫及吧？因此，現代人格外重視休閒生活，可笑的是，連「休閒」，都仍是刻意經營下的產物！不經刻意安排，現代人連休閒都不會。而且，在休閒成為一種時尚之後，休閒，只表示不用上班，又有多少真正悠然閒靜的趣味呢？

　　古人的休閒，卻是融和在日常生活中的。沒有休閒之名，卻是真真實實的休閒生活。

　　閒居中，看梁上燕子自由自在進進出出覓食，水中的沙鷗，也如朋友般親切。和老妻，在自畫的棋盤上下一局棋。陪著孩子，用他自己做的魚鉤釣釣魚……這才叫休閒哪！

日暮鄉關何處是，煙波江上使人愁。

昔人已乘黃鶴去，此地空餘黃鶴樓。黃鶴一去不復返，白雲千載空悠悠。晴川歷歷漢陽樹，芳草萋萋鸚鵡洲。日暮鄉關何處是，煙波江上使人愁。

——唐・崔顥　黃鶴樓

　　登高望遠，人人的理由不一樣。但，自從王粲《登樓賦》提示之後，望鄉人，格外的喜歡登樓，去眺望那明知望不到的故鄉，以抒發自己壓抑在心中的鄉愁。

　　這一首《黃鶴樓》，就是崔顥遊武昌時，登黃鶴樓，望著江景，而思念家鄉的詩。

　　暮色四合，家鄉何在？江上的煙波，更濃如心頭雲翳，使人觸目生愁。情與景的融合，帶給人無限悽愴。

　　因為是黃鶴樓，詩人信手拈來，行雲流水的繞著「黃鶴」二字鋪陳，自然生動，而成絕艷。竟使李白發出「眼前有景道不得，崔顥題詩在上頭」之嘆呢！

出污泥而不染。

水陸草木之花，可愛者甚蕃。晉陶淵明愛菊，自李唐以來，世人甚愛牡丹。予獨愛蓮之出汙泥而不染，濯清漣而不妖。中通外直，不蔓不枝。香遠益清，亭亭淨植，可遠觀而不可褻玩焉。（節錄）

——宋·周敦頤　愛蓮說

　　環境，對人的影響，是很大的，在良好的環境中，養成良好的品格，可以說是順理成章的事。在惡劣的環境中，一心向善求好，才是真正難能可貴的。因為，他必須以加倍的努力、奮鬥、掙扎，才能擺脫惡劣環境的陰影，否則，很容易被環境吞噬，隨波浮沉，乃至同流合污。

　　蓮花，就是因生於污泥之中，卻不受污泥沾染，更能亭亭出水，開出潔淨無瑕的花朵，而受世人稱賞的。宋代大儒，被尊為「濂溪先生」的周敦頤，特別愛蓮花，並寫了一篇《愛蓮說》來讚美蓮花。主要目的，還是鼓勵世人克服戰勝惡劣的環境，提昇自己。蓮能，人為什麼不能？

長歌吟松風，曲盡河星稀。

暮從碧山下，山月隨人歸，卻顧所來徑，蒼蒼橫翠微。相攜及
田家，童稚開荊扉；綠竹入幽徑，青蘿拂行衣。歡言得所憩，
美酒聊共揮，長歌吟松風，曲盡河星稀。我醉君復樂，陶然共
忘機。

——唐‧李白　下終南山過斛斯山人宿置酒

　　朋友相聚，實在是人生一大快樂。

　　朋友之為朋友，就在於彼此間的感情多，約束少；尊重
多，要求少；了解包容多，否定壓力少。因此，在真正的朋
友面前，最可以拋開一切的矯飾，坦坦然然，以素心相見。

　　怎捨得把難得的相聚時光，用在睡覺上？一壺酒，幾碟
菜；應酬，才務求豐盛。朋友，只須竭誠；當然是拿出最好
的。燈下對酌，談著、笑著、吟著、唱著，盡興而忘情。直
到夜深，直到天亮……

青山依舊在，幾度夕陽紅。

滾滾長江東逝水，浪花淘盡英雄。是非成敗轉頭空，青山依舊在，幾度夕陽紅。

白髮漁樵江渚上，慣看秋月春風。一壺濁酒喜相逢，古今多少事，都付笑談中。

——元・羅貫中　臨江仙

　　跟大自然中，不變的屹立青山比起來，人事，是很無常的。每一次的紅日西沉，都成為永遠追不回的歷史。而在歷史中，那許多朝代的興亡更迭，英雄豪傑的登場謝幕，轉眼就隨著時光歲月的流逝，而進入歷史，被人遺忘了，又留下了什麼呢？頂多，只為那些漁夫樵子，在辛勤工作之餘，添些茶餘酒後的談笑資料罷了。說什麼成敗，論什麼是非，到頭來，也全是一場空。

　　研究歷史，常會使人自歷史中了悟人世紛爭的可笑，就像在舞臺上，出將入相，煞有介事，戲演完了，人一鬨而散，又剩下了什麼？能長存的，只有大自然而已。

　　羅貫中在《三國演義》前所題的「臨江仙」，便充滿了這種悲慨。

山一帶，水一派，流水白雲常自在。

景物因人成勝槩，滿目更無塵可礙。等閑簾幕小闌干，衣未
解，心先快，明月清風如有待。
誰信門前車馬隘，別是人間閒世界，坐中無物不清涼，山一
帶，水一派，流水白雲常自在。

──宋・沈蔚　天仙子

　　現代人常抱怨「生活空間」太小，仔細想想，也可能是
生活空間中，堆的東西太多吧？

　　在我們週遭的物事中，真正生活必需品，有多少呢？絕
大多數的事物，都可有可無的；沒有它，不會受凍、挨餓，
也不會產生任何生活上的不便。但，它在生活空間上佔了一
席之地，甚且，唯一的作用，是積納灰塵⋯⋯

　　如果，拋除了這些非必要物，無疑，生活就簡單、也清
爽得多了，人的心靈，也可能因而多出一些暇豫悠然來。擺
脫了物質慾望的束縛，心境頓然開闊而澄明，看看遠山，看
看流水，看看天上悠悠白雲，何等逍遙自在！

枕前淚共階前雨，隔箇窗兒滴到明。

玉慘花愁出鳳城，蓮花樓下柳青青，樽前一唱陽關曲，別箇人
人第幾程？

尋好夢，夢難成，有誰知我此時情？枕前淚共階前雨，隔箇窗
兒滴到明。

——宋・聶勝瓊　鷓鴣天

　　相思，是很折磨人的，相思的基礎，是無望旳愛情的
話，那更是加倍的慘傷。

　　窗外，雨淅淅瀝瀝的下著，凝聚在簷前，滴滴答答的落
個沒完。窗中無眠的人，懷著無法排遣的愁緒，眼淚，也撲
撲簌簌的向枕上落。人哭，天也哭，就這樣，隔著一扇窗，
淚和雨相應和著，直滴到天亮。

　　聶勝瓊，是宋代一位名滿京師的名妓，慧敏能文，傾心
於一位寒士李之問。李之問將返鄉，聶勝瓊在蓮花樓送行，
作了一闋《鷓鴣天》，傾訴愛慕之情。詞，被李之問的妻子
見了，感動之餘，拿出自己的嫁妝，為聶勝瓊贖身從良，成
全了這一段本來無望的愛情。

葉上朝陽乾宿雨，水面清圓，一一風荷舉。

燎沉香，消溽暑，鳥雀呼晴，侵曉窺簷語。葉上朝陽乾宿雨，水面清圓，一一風荷舉。

故鄉遙，何日去，家住吳門，久作長安旅。五月漁郎相憶否？小楫輕舟，夢入芙蓉浦。

——宋・周邦彥　蘇幕遮

　　夏日，荷塘中，荷葉荷花，紛紛出水。田田亭亭，迎風搖曳。朝陽，曬乾了夜雨留在葉片上的水珠。荷葉經一夜雨洗，更是分外圓潤鮮潔。初放的荷花，如舞霓裳的羽衣仙子，衣袂飄飄，更是令人留連不去。

　　台北的植物園，高雄的澄清湖，是這兩大都市，僅存有荷花可賞的地方。荷花，生長在水中，先天就帶著幾分不食人間煙火的清涼意。微風穿花拂葉踏波而來，花香滿衣，不僅暑氣全消，更心曠神怡。

　　夏日，少了荷花，將如何黯然失色！

眾鳥欣有託，吾亦愛吾廬。

孟夏草木長，繞屋樹扶疏。眾鳥欣有託，吾亦愛吾廬。既耕亦已種，時還讀我書。窮巷隔深轍，頗迴故人車。歡言酌春酒，摘我園中蔬。微雨從東來，好風與之俱。泛覽周王傳，流觀山海圖。俯仰終宇宙，不樂復何如？

——晉・陶潛　讀山海經

　　夏天，學校放暑假，是相當合理的。燠熱的天氣，使人容易疲倦，也容易浮躁不安，實在不宜於強迫性的學習，學，也往往事倍功半。

　　農村，夏天也是比較閒暇的時日，該忙的插秧除草、採桑飼蠶，都告了一段落。禾苗已長好了，在田中欣欣然的等著抽穗灌漿，忙了一春的農夫，可以稍稍歇息了。

　　陶淵明，是個農夫，也是個詩人，他高興的看著屋宇四週的綠陰濃密，鳥兒有了安心築巢的地方，自己，也有個可以安身立命的家園。閒來讀讀書，和來訪的朋友飲酒談笑，說古論今，呵！真是「不樂復何如」！

日日思君不見君，共飲長江水。

我住長江頭，君往長江尾，日日思君不見君，共飲長江水。
此水幾時休，此恨何時已，只願君心似我心，定不負、相思
意。

——宋·李之儀　卜算子

　　對有情人而言，最小最小的一絲關聯，也可以得到得以
寄託深情的安慰。

　　想念他，見不到他。想到他住在長江下游，自己住在
長江上游，至少，跟他喝的水是一樣汲自長江的水，也感覺
著，彼此之間，有些某種共通的牽繫。

　　可笑嗎？不！這就是「愛情」！

　　相思，幾時了結呢？恐怕像江水一樣，永無止歇之時。
退而求其次，只願，你的心，也和我一樣，彼此永不相負這
番相思苦！

149

盧山煙雨浙江潮

盧山煙雨浙江潮，未到千般恨不消，及至到來無一事，盧山煙雨浙江潮。

—宋・蘇軾　觀潮

盧山，是我國自古以來就享有盛名的名勝，多少騷人墨客為它吟詠，多少畫家，為它寫真。由於地形地勢的關係，它以煙雨雲嵐的變幻聞名，盧山的面貌，因此而千變萬化，捉摸不定。

而錢塘潮水，每到中秋之際，波濤洶湧，排空而來，前仆後繼，聲勢如萬馬奔騰，與江水相激，更駭浪驚濤，蔚為奇觀，是浙江有名的勝景。

盛名貫耳，在未見之前，總是心心念念，以不能親見為憾。等到真的見了呢？卻又恍然若有所失，失的，就是想像的空間吧？盧山煙雨浙江潮，一旦落實了，也只是「盧山煙雨浙江潮」。這也是對人生的一種了悟。

此情可待成追憶，只是當時已惘然。

錦瑟無端五十絃，一絃一柱思華年。莊生曉夢迷蝴蝶，望帝春心託杜鵑。滄海月明珠有淚，藍田日暖玉生煙。此情可待成追憶，只是當時已惘然。

——唐‧李商隱　錦瑟

　　古人常說：「當局者迷。」又說「事不關心，關心則亂」。人對自己身上發生的事，尤其牽涉到感情問題，是很難要求他客觀冷靜的。等到有一天，把事情看清楚了，想透了，往往不知道自己當初何以陷入迷霧中不能自拔。然而，這種清晰透澈，對整個事情來說，總是嫌太遲。

　　李商隱的一生，相當坎坷，愛情的挫折，仕途的偃蹇，政治漩渦的掙扎，滿腹冤曲的難明，形成他隱晦幽曲的詩風，往往只能用種種典故來隱喻暗示。

　　到了晚年，回首前塵，迷離如夢，歡顏淚影，渺不可追。青春已逝，往事如煙，都只能留存在記憶中，獨自咀嚼那一份醒悟得太遲的迷惘。

山中何所有？嶺上多白雲。

山中何所有？嶺上多白雲。只可自怡悅，不堪持贈君。

　　——南北朝‧陶弘景　詔問山中何所有賦詩以答

　　「山中何所有」，是南北朝時，齊高帝對隱居句曲山中，不肯接受君王禮聘徵召出山作官的陶弘景，所提出的「質詢」：「到底山裡有什可留戀的，以致你住在山中，連官也不肯作！」

　　陶弘景回答得不亢不卑：

　　「山嶺上，最多的，就是悠悠白雲，它們是那麼怡然自得，使我也因而心曠神怡，心中充滿喜悅。只可惜，這些，只能自己欣賞，而無法捧到您面前，呈獻給您。」

　　語氣委婉而堅定：於世無爭亦無求。只願留居山中，與白雲為伍。皇帝沒辦法，只有在遇到大事難決的時候，移樽就教。當時人更稱他為「山中宰相」，死後諡號「貞白先生」，以示尊崇。

好風如扇雨如簾

玉闌干外清江浦，渺渺天涯雨。好風如扇雨如簾，時見岸花汀
草漲痕添。
青林枕上關山路，臥想乘鸞處。碧蕪千里思悠悠，惟有霎時涼
夢到南州。

——宋・李兲　虞美人

　　天下的許多事物，常並沒有絕對的「好」，或「不
好」，來得合時、合宜便好，不合時，不合宜，往往就有反
效果。所以，古人祝禱，常求「風調雨順」，同樣的風雨，
在插秧時，使農民為之歡躍，若在收割時，便要受詛咒了。

　　溽暑之中，忽然起一陣風，下一陣雨。風，像把大扇
子，為大地消暑，雨如水晶簾，帶來滿室的清涼意，這樣的
風和雨，豈不令人大呼「快哉」！

　　水滸傳中，宋江外號「及時雨」，這「及時」二字，真
值得人深思呢！

今古漁樵話裡，江山水墨圖中。

到閒人閒處，更何必、問窮通。但遣興哦詩，洗心觀易，散步
攜筇。浮雲不堪攀慕，看長空澹澹沒孤鴻。今古漁樵話裡，江
山水墨圖中。

千年事業一朝空，春夢曉聞鐘。得史筆標名，雲臺畫像，多少
成功。歸來富春山下，笑狂奴何事傲三公。塵事休隨夜雨，扁
舟好待秋風。

　　　　　　　　　　　　——元·劉秉忠　木蘭花慢

　　中國自古有幾位極被推崇的智囊人物，像張良、嚴光、
諸葛亮、劉伯溫……他們，都具有胸羅萬有，運籌帷幄，決
勝千里的智慧。除了諸葛亮，實在是漢的氣數已盡，雖有鞠
躬盡瘁之心，也難回天之外，或創業，或中興，都為他們所
輔佐的君王，盡心竭力，打下江山。

　　而他們另一個共同之點，卻淡泊明哲，絕不戀棧權位，
也因此，才更為人所推崇景仰。劉秉忠，也是這樣一位人
物。在他眼中，歷史興亡，英雄將相，不過是漁夫樵子的談
天題材；萬里江山，也如同一卷水墨畫幅而已。具有這樣淡
泊超脫的胸懷，那還會把功名利祿放在心上？也因此，他們
有對天下蒼生的使命感，而無個人野心。他們之所以偉大，
不僅在功業，更在這種襟懷。

荷風送香氣，竹露滴清響。

山光忽西落，池月漸東上，散髮乘夕涼，開軒臥閑敞。荷
風送香氣，竹露滴清響，欲取鳴琴彈，恨無知音賞。感此
懷故人，中宵勞夢想。

——唐・孟浩然　夏日南亭懷辛大

　　有些存在我們四周的雅韻，是有閒靜心境的人安排的。
若是粗心大意，便可能視而不見，聽而不聞了。

　　荷花的香氣，並不濃烈，只是淡淡的散在晚風中。竹梢
零露，也只發出幽幽清韻，極易被掩沒。因此，在這兩句詩
的導引下，我們已可以想像詩人的清寂心境。

　　的確，詩人是寂寞的，他坐擁了一池的清風明月，享受
著荷香竹韻，卻沒有人來分享這一份畫意詩情。

　　那位他懷念的辛大，想必也是位高人逸士吧？

思君如滿月，夜夜減清輝。

自君之出矣，不復理殘機。思君如滿月，夜夜減清輝。

——唐・張九齡　自君之出矣

「自君之出矣」，起於漢時徐幹的詩：「自君之出矣，明鏡暗不治。思君如流水，無有窮已時」，後代詩人，競相以「自君之出矣」為題仿作，首句必為「自君之出矣」，第三句亦多採「思君如……」形式，寫思婦之情。無形中，便在樂府詩中自成一格了。

張九齡這一首《自君之出矣》，是以滿月為喻。月亮自虧而盈，盈後又虧。他以滿月之後，月亮一天比一天消減的自然現象，來隱喻思婦因相思而日益瘦損的顏容。形容得既深刻，又蘊藉，真是高才！

三十功名塵與土，八千里路雲和月。

怒髮衝冠，憑欄處、瀟瀟雨歇。擡望眼，仰天長嘯，壯懷激烈。三十功名塵與土，八千里路雲和月，莫等閒，白了少年頭，空悲切。

靖康恥，猶未雪；臣子恨，何時滅。駕長車踏破，賀蘭山缺。壯志飢餐胡虜肉，笑談渴飲匈奴血。待從頭收拾舊山河，朝天闕。

——宋·岳飛　滿江紅

　　岳飛，是中國人共同景仰，而且，代為憤恨不平的民族英雄。

　　他作這一闋詞時，年三十二歲。他自少年時投身軍旅，與金人作戰，轉戰南北，屢建奇功，拜少保，河南北諸路招討使，以年齡來說，可是仕途得意，一帆風順。但，他在這闋詞中，特別表明心跡，功名利祿，對三十歲的他來說，猶如塵與土一般微不足道。也就是說，功名，並不是他追求的目標。而披星戴月，轉戰八千里，目的，只在於雪恥復國。豈料，一片赤膽忠心，卻被視為主和派的絆腳石，乃有「風波亭」的冤獄枉死！

　　但，不論如何，他的精忠報國精神，是永垂不朽的。

空解道、人生適意，誰會？

樓倚明河，山蟠喬木，故國秋光如水。常記別時，月冷半山環佩。到而今、桂影尋人，端好在，竹西歌吹。如醉，望白蘋風裡，關山無際。

可惜瓊瑤千里，有年少玉人，吟嘯天外。脂粉清輝，冷射藕花冰蕊。念老去，鏡裡流年，空解道、人生適意，誰會？更微雲疏雨，空庭鶴唳。

—— 金・蔡松年　月華清

「人生貴得適意耳」，這句話，是晉朝的張翰說的。

張翰，字季鷹，晉朝人。他家鄉在江南，到洛中作官。當秋天西風吹起的時候，他想起了故鄉。故鄉，秋天正是鱸魚肥美，菰菜鮮嫩的時候。他忽然感悟：「人生最要緊的，是順心適意，我又何必為了功名利祿，千里求官，違反了自己的本心呢？」於是，立即辭官，命人備車南返。當然，重點並不在於滿足口腹之欲，而在找回自我。

許多人都羨慕張季鷹，許多人，也都知道「人生適意」的可貴。可是，有多少人，能毅然割斷名韁利鎖的束縛，浩歌歸去呢？

相去日已遠，衣帶日已緩。

行行重行行，與君生別離，相去萬餘里，各在天一涯。道路阻
且長，會面安可知？胡馬依北風，越鳥巢南枝。相去日已遠，
衣帶日已緩。浮雲蔽白日，遊子不顧返。思君令人老，歲月忽
已晚。棄捐勿復道，努力加餐飯。

——漢．無名氏　古詩十九首之一

　　分別之後，相隔的距離，是一天比一天遠了，而身上繫
的衣帶，也一天比一天寬鬆了……

　　漢代的《古詩十九首》，作者已無可考。在整個中國文
學史上，卻有著極重要的份量。

　　文字非常質樸，卻也非常生動而深刻。像這兩句，說得
平淡極了，卻有誰能忽略「衣帶日已緩」之中，所含蘊的深
情？甚至被棄，都不願計較，只望對方努力加餐飯！

　　文字，用什麼形式表現，都是次要的。重要的是真摯；
古詩之美，也不在文采詞藻，而在真摯！

願我如星君如月，夜夜流光相皎潔。

車遙遙，馬幢幢，君遊東山東復東，安得奮飛逐西風。願我如
星君如月，夜夜流光相皎潔。月暫晦，星常明，留明待月復，
三五共盈盈。

——宋・范成大　車遙遙篇

　　人與人之間，是會受關山阻隔的。相思而不能相望，相
憶而不能相親。

　　可是，同在夜空中的星與月，卻不受空間的限制。至
少，彼此可以相望，可以用光輝相互交織。因此，在良人遠
行時，閨中思婦，便有了這樣的祈望：願良人是天上的明
月，而自己變成星星，用星光月輝，來相互交流……

　　但是，月是不常圓的，月，會有晦冥。你儘管虧缺，我
總默默的等待，等待你到月圓時。

兩岸青山相送迎，誰知離別情。

吳山青，越山青，兩岸青山相送迎，誰知離別情。

君淚盈，妾淚盈，羅帶同心結未成，江頭潮已平。

——宋・林逋　長相思

一江，分隔了吳越。兩岸的青山，千百年來，就默默地夾江屹立，注視著江流滾滾，也注視著一幕幕的悲歡離合。

迎人來，送人去，不帶絲毫的感情。哭哭啼啼，依依不捨，是人類的事，他們不管。

事實上，除了當事人淚眼相對，又有誰去了解，去關切屬於他們的離情別緒呢？

淮南皓月冷千山，冥冥歸去無人管。

燕燕輕盈，鶯鶯嬌軟，分明又向華胥見。夜長爭得薄情知，春初早被相思染。

別後書辭，別時針線，離魂暗逐郎行遠。淮南皓月冷千山，冥冥歸去無人管。

——宋・姜夔　踏莎行

　　在關山阻絕的情況下，想要相見，只有寄望於睡夢之中。

　　真的夢見了。夢中，一切全像真的；她的身影，她的語音，她的輕嗔薄怨。

　　光是幾封信，幾闋詞，怎麼夠？他身上仍穿著她親縫的衣衫，也不能使她放心。於是，她的夢魂追來了，伴在他身邊……

　　然後，她消失了，他追出門，只見冷冷的月光，照著淮南重重疊疊的千山萬壑。她孤伶伶，輕如夢魂的身影，悄悄地消失在千山冷月中……

漠漠水田飛白鷺，陰陰夏木囀黃鸝。

積雨空林煙火遲，蒸藜炊黍餉東菑。漠漠水田飛白鷺，陰陰夏木囀黃鸝。山中習靜觀朝槿，松下清齋折露葵。野老與人爭席罷，海鷗何事更相疑？

——唐・王維　積雨輞川莊作

　　因不得志，而離群索居，與曾經擁有爵祿，因看淡世情歸隱山林，顯然在心境上有所不同。前者，總有著無奈與不遇的不平。後者，則是返璞歸真的月朗風清。

　　歸隱輞川別業的王維，屬於後者。因此能以一份不帶煙火氣的閒靜平寧，來欣賞這個世界。

　　阡陌縱橫，雨水充沛，禾苗欣欣生長的水田中，悠然的白鷺飛起，沒入雲天。綠樹的濃陰中，傳來陣陣悅耳的鳥鳴，清脆宛轉，唱著夏日的頌讚。

　　一樣的景色，在心境悠然自得的人眼中，就格外的清新美好。如何培養這種心境，卻在各人的修為了。

流光容易把人拋，紅了櫻桃，綠了芭蕉。

一片春愁待酒澆，江上舟搖，樓上帘招。秋娘渡與泰娘橋，風
又飄飄，雨又瀟瀟。

何日歸家洗客袍，銀字笙調，心字香燒。流光容易把人拋，紅
了櫻桃，綠了芭蕉。

——宋·蔣捷　一剪梅

　　人跟時光如何競逐呢？人，常有各種的理由藉口，為自
己的懶散、怠惰開解。從天氣不好到心情不好，從靈感不來
到睡魔不去，都是理由。

　　人是可以懶散的，時光卻一刻也不停的在吞噬著你的童
年、少年、青年、壯年。一眨眼，忽然發現，自己怎麼就這
一大把年紀了呢？卻依然一事無成。

　　櫻桃又紅，芭蕉又綠，一年年，快得很哪！生命之舟，
是根本不容停泊靠岸的，只能在歲月流光中，被催動著向
前。在抵達終點時，是滿載而歸，還是一無所有，就全在自
己了。

相思本是無憑語，莫向花箋費淚行。

醉拍春衫惜舊香，天將離恨惱疏狂。年年陌上生秋草，日日樓中到夕陽。

雲渺渺，水茫茫，征人歸路幾多長？相思本是無憑語，莫向花箋費淚行。

——宋‧晏幾道　鷓鴣天

　　煙雲漠漠，煙水茫茫，關山的阻隔，是那樣難以跨越。相思相憶，彷彿也成了空口白話；相思如何？相憶又如何？除了增添人心頭的創痛，又何曾改變了半點現狀；人，依然瞑隔在千萬里外，欲見不能……又何必枉費了相思淚，淚，便佈滿了花箋，也作不得「縮地方」呵……

　　人生在百般傷痛無奈中，常會矯情的故作豁達，來解脫自己不勝負荷的悲情；相思有什麼用，不如不相思。說得振振有辭，但，恐怕自己也知道理論實際的差距有多大；若晏小山真能「莫向花箋費淚行」，我們那能讀到他那許多纏綿淒婉的詞作呢？

葉葉心心，舒卷有餘情。

窗前種得芭蕉樹，陰滿中庭，陰滿中庭，葉葉心心，舒卷有
餘情。
傷心枕上三更雨，點滴淒清，點滴淒清，愁損離人，不慣起
來聽。

——宋・李清照　添字采桑子

　　芭蕉，有著植物中最闊大的葉片，卻也有著最含蓄，欲
語還休的心情。

　　葉片的初生，像一枝密密緊緊捲束的綠色蠟燭，直矗在
彷彿是燭臺的樹心中。然後，羞羞澀澀的漸漸舒展。那最中
間的一束芳心，最不到最後，是不輕示人的，總保留著無盡
的情韻，耐人尋味。

　　坦率，有坦率的美，含蓄也有含蓄的美。與其內容貧
乏，一覽無遺，再無可回味之處。不如內斂含蓄，讓人慢慢
的欣賞了解，芭蕉耐人尋味處，亦因於此。

豈無膏沐，誰適爲容。

伯兮朅兮，邦之桀兮，伯也執殳，為王前驅。

自伯之東，首如飛蓬。豈無膏沐，誰適為容？

其雨其雨，杲杲出日，願言思伯，甘心首疾。

焉得諼草，言樹之背，願言思伯，使我心痗。

——詩經・衛風　伯兮

　　要如何知道一個女孩子，是否戀愛了？只要看她是否變得注意穿著打扮，重視修飾了。其實，男孩子也一樣，在心上人面前，誰能不在乎自己的儀容呢？

　　相反的，如果一向愛打扮的人，忽然對化妝修飾都沒心沒緒，八成，不是心上人不在身邊，就是失戀了。

　　這種心情，那真是從古到今都沒改變；古今的差異，並不如想像的大，古人同此心，今人也仍同此理。

　　像這位詩經時代的小妻子，自從丈夫去打仗，她就再沒心情梳洗打扮了；也不是沒有美髮油，洗髮精，只是，有誰值得她為他費心呢？

不好詣人貪客過，慣遲作答愛書來。

枳籬茅舍掩蒼苔，乞竹分花手自栽。不好詣人貪客過，慣遲作
答愛書來。閒窗聽雨攤書卷，獨樹看雲上嘯臺。桑落酒香盧橘
美，釣船斜繫草堂開。

——清·吳偉業　梅村

　　被動與懶散，可說是許多人的共同的缺點了，很寂寞，
很渴望有朋友，但又希望他先開口；長日漫漫，好無聊，有
人聊天多好！但又不想去找人家，而希望人來拜訪我；好喜
歡收到朋友的信，來得愈勤、寫得愈多愈好，可是自己真懶
得提筆寫信……

　　幸好，世上總還有些比較積極主動的人，否則，人和人
的距離，豈不是愈來愈遠，也愈來愈淡了？並不是彼此不喜
歡來往，而是，總坐在家裡，等別人來敲門。你等我，我等
你，永遠是兩個寂寞的人；說不定，還胡思亂想：他不來，
他是不是不喜歡我？多少友誼，也許就因此錯過了，多可
惜！喜歡朋友嗎？何不主動些、勤快些？

海上生明月，天涯共此時。

海上生明月，天涯共此時。情人怨遙夜，竟夕起相思。滅燭憐光滿，披衣覺露滋。不堪盈手贈，還寢夢佳期。

——唐・張九齡　望月懷遠

　　太陽，大概是太過熾熱，光線又過於刺眼，不似明月皎潔溫柔而可親。所以，好像沒人對著太陽去想念誰，「望月懷人」，卻是古今中外人類共有的情感。

　　看到一輪明月，從海上升起。便想到，故人雖然相隔遙遠，他所在的地方，也可看到同一輪的明月升起。似乎感覺，在如鏡的明月中，彼此的心影，可以相互交疊，溝通，而消減了時空距離造成的憾恨。

　　那時，古人還沒想到，因地球是圓的，在地球那端的人，卻無法在同一時間共賞明月呢！

一片冰心在玉壺

寒雨連江夜入吳，平明送客楚山孤，洛陽親友如相問，一片冰心在玉壺。

——唐‧王昌齡　芙蓉樓送辛漸

　　美玉有幾種特質，堅硬、溫潤、晶瑩剔透、無玷無瑕。

　　冰也有幾種特質：瑩潔、清純、透明、無色無味。

　　冰放在玉壺之中，那一種潔淨、堅貞、晶瑩、明澈，都不言而喻。

　　以「一片冰心在玉壺」，回答洛陽親友的關切詢問，其中以廉潔、淡泊自許的操守，足可見他人格的高潔。絕不負親友期許的承諾，也隱含其中。

　　一片冰心，該是每個人自我期許與修養的目標呵！

煙銷日出不見人，欸乃一聲山水綠。

漁翁夜傍西巖宿，曉汲清湘燃楚竹。煙銷日出不見人，欸乃一聲山水綠。迴看天際下中流，巖上無心雲相逐。

——唐・柳宗元　漁翁

這是一首藉寫漁翁生涯，寓山水幽情的詩。

漁翁以舟為家，山隈水湄，無處不可停泊住宿。汲清湘為飲，燃楚竹為炊，完全是就地取材，隨遇而安的敘寫。然後夜幕漸隨雲煙而散，紅日東上，這世界似乎仍只屬於他一個人的，山幽水寂，全無人煙。待他放船入江流，一聲欸乃，才彷彿喚醒大地，眼前，展現出一片的山青水綠。

船至中流，回首望昨夜宿處，白雲無心，巖上飛逐。真所謂一派天機，不染點塵。

令人不禁驚羨，原來生活也可以這麼單純的。

問人間，情是何物？直教生死相許。

問人間，情是何物？直教生死相許。天南地北雙飛客，老翅幾回寒暑。歡樂趣，離別苦，是中更有癡兒女。君應有語，渺萬里層雲，千山暮景，隻影為誰去？

橫汾路，寂寞當年簫鼓，荒煙依舊平楚。招魂楚些何嗟及，山鬼自啼風雨。天也妒，未信與，鶯兒燕子俱黃土。千秋萬古，為留待騷人，狂歌痛飲，來訪雁丘處。

——金·元好問　摸魚兒

天下，最難解的一個字，大概就是「情」了。它竟有這樣的魔力，讓人心甘情願的為它而生，為它而死；生而志不可奪，死而義無反顧。

「情」，到底是什麼呢？無形無象，卻又無可置疑的存在，主宰、操縱著天地萬物……

元好問少年時，經過汾水旁，見到一個捕雁人，望著地上的死雁發呆。原來，他捕殺了一隻雁，在雁群驚動飛走的時候，有一隻雁脫群悲鳴，然後自高空直投而下，撞死在地；為牠被捕殺的愛侶，以死相殉。

元好問買下了兩隻死雁埋葬，壘石為記，稱為「雁丘」。不禁感慨萬端，問：「情是何物。」連雁，也為情死。

人生倐忽兮，如白駒之過隙。

天無涯兮地無邊，我心愁兮亦復然。人生倐忽兮，如白駒之過
隙，然不得歡樂兮，當我之盛年。怨兮欲問天，天蒼蒼兮上無
緣。舉頭仰望兮空雲煙，九拍懷情兮誰與傳。

——三國・蔡琰　胡笳十八拍之九

漫漫古典情・188

　　人生，幾十年，聽來好像滿長的。可是，時間又過得多
麼快，一回頭，已過去那麼一大段了。

　　時間有多麼快呢？像一匹白馬，越過一條縫。這句話，
莊子在《知北遊》中就說過：「人生天地間，如白駒之過
卻，忽然而已。」蔡琰，又把同樣的意思，寫入《胡笳十八
拍》，作對生命無奈的感慨。

　　蔡琰，是漢代大儒蔡邕之女，文才高卓，身世坎坷。
少年喪夫喪父，被匈奴所擄，迫嫁左賢王，居十二年，生二
子。曹操與蔡邕舊交，千金贖還歸國，整理蔡邕遺留文物。
又命改嫁董祀。一生之中，死別生離，拋夫別子種種慘楚，
都歷盡了。三嫁之婦，又有誰忍心苛責呢？

不知筋力衰多少，但覺新來懶上樓。

枕簟溪堂冷欲秋，斷雲依水晚來收。紅蓮相倚渾如醉，白鳥無言定自愁。

書咄咄，且休休，一邱一壑也風流。不知筋力衰多少，但覺新來懶上樓。

——宋·辛棄疾　鷓鴣天

　　人的衰老，不僅顯現在容貌上，也在體力的逐漸衰退中。這種衰退，也不是一下由高峰落至谷底，而是漸漸的，甚至不知不覺的。辛棄疾在詞中用「懶上樓」，來描寫出體力漸衰的無奈；連上樓這樣平日絲毫不覺吃力的事，如今，也感覺到不如以前容易了。

　　年富力強的人，很容易對老年人反應遲鈍，做事拖拉，感覺不耐。因為他們根本無法體會老年人力不從心的無奈。生、老、病、死，人生四苦，老居其一，也就苦在這一種衰病侵尋，力不從心。而且這是每個人遲早會面臨的，想到這一點，也許對周遭的老人能付與多一些的同情與扶持——他身上，有你未來的影子呢！

消得幾多風露，教變人世清涼。

纖雲掃跡，萬傾玻璃色。醉跨玉虹游八極，歷歷天青海碧。

水晶宮殿飄香，群仙方按霓裳。消得幾多風露，教變人世清

涼。

——宋・劉克莊　清平樂

　　冷氣機，在這位處亞熱帶的台灣，幾乎是家家必備的家
電之一了。不然，如何熬過那漫長的炎炎盛夏。

　　古人，變極了心思，也不過能把屋門向南開，屋子築高
一點，多種些樹，為室內營造些許清涼。

　　晚上，月下乘涼，卻又是一番情趣了，仰望中天明月，
神遊四極八荒，忽然生起奇想：天上，不是有一座廣寒宮
嗎，自然是極其陰冷。如果從廣寒宮中，借來幾許清風寒
露，那，還怕人間不清涼嗎？

　　在嫦娥的神話，已被登月小艇推翻的今日，我們該慶幸
我們「知的權利」，還是羨慕古人「幻想的權利」？

飄飄何所似，天地一沙鷗。

細草微風岸，危檣獨夜舟。星垂平野闊，月湧大江流。名豈文
章著，官應老病休。飄飄何所似，天地一沙鷗。

——唐‧杜甫　旅夜書懷

　　人，是群居的動物。

　　人，有時會陷入一種似遺世，又似被世所遺的孤絕之
中。

　　舟泊江岸，夜深人靜，星子低垂，益發顯得平野深邃遼
闊。明月，照著長江滾滾，載著月波，向東流去。回想這一
生的種種，唯文采，差可自負，也不過聊博虛名。仕宦之途
多艱，又兼老病侵尋，滿腔經國濟世的抱負，看來，也沒有
機會施展了。

　　生逢亂世，半生飄泊，獨立江岸，彷彿只是一隻僅存於
天地間，無所棲止，離群失伴，孤零的沙鷗……

綺羅堆裡埋神劍，簫鼓聲中老客星。

新晴春色滿漁汀，小憩黃鑪畫槳停。七里水環花市綠，一樓山
向酒人青。綺羅堆裡埋神劍，簫鼓聲中老客星。一曲高歌情不
淺，吳姬莫惜倒銀瓶。

——清‧吳綺　程益言邀飲虎邱酒樓

　　艱苦的環境，容易砥礪人的志氣，激發人奮鬥上進。古
往今來，大多數的偉人，都出身貧苦，歷盡無數坎坷挫折而
不屈不撓，終於戰勝了環境，成為人生的勝利者。

　　反之，富足優越的人家，卻往往少有成器的佳子弟；他
們雖佔了先天優勢，沒有生活的負擔和壓力。但並未因而奮
發努力，來造就自己。反而好逸惡勞，耽於嬉戲，成了紈
子弟。即便有好的才華，和培養才華的環境，也因安於逸樂
不肯努力，自己把自己埋沒了。

　　志氣，一旦消磨在男歡女愛，絲竹管絃中，一個人，很
快的就磨損了青春煥發的銳氣，不知不覺就虛度了一生。到
老來覺悟，為時已晚，只能空自慨嘆了。

嫦娥應悔偷靈藥，碧海青天夜夜心。

雲母屏風燭影深，長河漸落曉星沉。嫦娥應悔偷靈藥，碧海青
天夜夜心。

——唐・李商隱　嫦娥

　　天下，有許多事，在一剎那間決定之後，就再沒有反悔
的機會與餘地了。「如果一切從頭來」，「早知道……」都
是空話；時間是絕不會倒流，給人第二次機會，去修正錯誤
的。

　　有失眠經驗的人，都知道無眠之夜，是何等的漫長與難
熬。當年，偷了后羿不死藥，獨自吞服，飛到月亮中，獨居
於廣寒宮的嫦娥，夜夜獨自浮沉於青天碧海間，品嚐那永無
止境的孤零況味，又有著怎樣的心情呢？她是否後悔當時一
念之差，換來了永遠煎熬不盡的寂寞長夜呢？

　　一念之間！往往一念，就劃分了天壤雲泥！能不慎重
嗎？

清時有味是無能，閒愛孤雲靜愛僧。

清時有味是無能，閒愛孤雲靜愛僧。欲把一麾江海去，樂遊原
上望昭陵。

——唐・杜牧　將赴吳興登樂遊原

　　「能者多勞」，有才幹的人，才有做不完的事。話雖
如此，有時，也會因著政局的複雜與微妙，使一些有濟世之
心，卻不願逢迎攀附的人，遭排擠、受冷落。或者，在敏感
情況下，這些人還得故意逃避現實，以示無志，免受迫害。
杜牧，就是在這種情況下，在京師做著閒官。在那封建，又
被宦官把持朝政的時代，又如何能明說呢？只好自嘲是因為
自己的無能，才在這樣「清平」的盛世，過著清閒到閒時看
白雲孤飛，靜時聽寺僧談禪，這樣逍遙有情味的閒靜生活。
其實心中的苦悶，絕非表面說的閒靜所能遮掩。當外放吳興
刺史確定，往樂遊原望「昭陵」——唐太宗陵——心中也真
是百感交集吧？

一片瓊田，誰羨驂鸞，人在舟中便是仙。

天容水色西湖好，雲物俱鮮，鷗鷺閒眠，應慣尋常聽管絃。
風清月白偏宜夜，一片瓊田，誰羨驂鸞，人在舟中便是仙。

——宋・歐陽修　采桑子

　　在夏日的夜晚，月白風清，湖面上，月波的光影，讓人如置身在晶瑩的玉界中一般。在這樣的世界裡，誰還想羽化昇天呢？一葉扁舟，在月波中流連飄浮，便已使人飄飄欲仙了！

　　多麼可羨的夏夜享受！一樣的風光，一樣的景致，落在具才情，又識風雅，懂得生活品味的人眼中，才真是不虛。天下風景屬閒人；閒還不夠，閒而庸俗，仍令人為風景叫屈。閒而風雅，才真是相得益彰呢！

水至清則無魚，人至察則無徒。

……詩曰，禮義之不愆，何恤人之言。故曰：水至清則無魚，人至察則無徒。冕而前旒，所以蔽明；黈纊充耳，所以塞聰。明有所不見，聰有所不聞。舉大德，赦小過，無求備於一人之義也。（節錄）

——漢·東方朔　客難

　　水清，當然是好，最清的水中，卻因為不能容任何的微生物生存，也沒有任何的隱蔽，因此，魚也無法存活。

　　同樣，人，能明察是非善惡，當然也是好。但過份的明察秋毫，就變成對人求全責備的嚴苛挑剔，又有誰能受得了與你為伍呢？

　　人，沒有十全十美的，也不能無過。做人，不能太過嚴苛的要求別人，對於小的弱點、過失，應該要包容，要諒解。儘量欣賞、鼓勵別人的優點，包容、原諒他無心或情有可原的小過失，才是處世待人之道。否則，必然使自己落得孤子無依，沒有人願意親近，那，也是咎由自取呀！

今年何以報君恩？一路荷花相送到青墩。

扁舟三日秋塘路，平度荷花去。病夫因病得來遊，更值滿川微
雨洗清秋。

去年長恨拏舟晚，空見殘荷滿。今年何以報君恩？一路荷花相
送到青墩。

——宋‧陳與義　虞美人

　　湖州，是以荷花繁盛，而有「水晶宮」之名的地方。陳
與義曾派出守湖州，可惜的是，赴任的時候，已經到秋末冬
初了，因此，一路上，只剩下滿眼的斷梗枯葉，使他引以為
憾。

　　彷彿是為了補償這一點遺憾，他在第二年回京後，因病
請求奉祠休養，卜居青墩鎮，由水路前往。行期在立秋剛過
的時候，正是荷花的極盛期。一路上，荷花如儀仗一般，前
呼後擁的，望不到底。映得滿舟都是燦如朝霞的花光粉香，
不由心中感恩：皇帝真給他選了個好時辰，這份恩德，可難
以回報啦！

高樹晚蟬，說西風消息。

簞枕邀涼，琴書換日，睡餘無力。細灑冰泉，并刀破甘碧。牆
頭喚酒，誰問訊、城南詩客。岑寂，高樹晚蟬，說西風消息。
虹梁水陌，魚浪吹香，紅衣半狼藉。維舟試望故國，渺天北。
可惜柳邊沙外，不共美人遊歷。問甚時同賦，三十六陂秋色。

——宋‧姜夔　惜紅衣

　　在感覺夏日的酷熱難當的時候，就不禁期盼秋天的腳步
早日到來。

　　其實，在曆法上的「立秋」，與真正讓人感覺秋天的
涼意，距離還相當遙遠，尤其台灣，夏，還漫長得很呢！就
算北國，也還有「秋後十八盆火」之說，大概總得燒過「處
暑」，燒到「白露」，才漸有涼意。

　　但，總算盼到立秋了，岑寂的詩人，在以琴書自娛，切
著瓜果消暑之際，聽到高樹濃陰間蟬唱起落，不禁想：牠們
是在相互探詢西風幾時來臨的消息吧……

秋之卷

長安一片月，萬戶擣衣聲。

長安一片月，萬戶擣衣聲；秋風吹不盡，總是玉關情。何日平
胡虜，良人罷遠征。

——唐・李白　子夜秋歌

月下的長安，到處傳著節奏單調的砧杵聲；是秋天了，
是家家戶戶的婦女們，為一家大小準備寒衣的時候了。秋
天，夜長了，獨守深閨的思婦，見到秋風吹起，怎能不念及
那遠戍邊關的丈夫；在那兒，誰為他縫衣，誰又管他冷暖
呢？一寸寸的相思，一縷縷的愁緒，都隨著秋風，更深，更
切，更綿長難盡了。千言萬語，也只能寄託在這節奏單調的
砧杵聲裡⋯⋯

良人遠戍，是古代思婦難言的無奈。愁思難遣，彷彿都
化作了無盡的砧杵之聲。「良人罷遠征」，是她們共同的心
聲呵！

細雨夢回雞塞遠，小樓吹徹玉笙寒。

菡萏香銷翠葉殘，西風愁起綠波間，還與韶光共憔悴，不
堪看。

細雨夢回雞塞遠，小樓吹徹玉笙寒，多少淚珠何限恨，倚
闌干。

——五代・李璟　攤破浣溪沙

　　「紅花還須綠葉扶持」，許多花是這樣的。比如牡丹，
光桿牡丹，少了陪襯的綠葉，就大為失色了。

　　但也有許多種的花，花和葉，雖然生長在同一棵樹上，
卻彼此沒有照過面，葉，總等花落盡了才萌芽。一先一後，
時間把他們分隔了，雖同根而生，卻彼此無緣。

　　這就像兩個有情無緣的人一樣，總是陰錯陽差，就失之
交臂。詩人的溫柔敦厚，把這一種幽怨，寄託在梅花、梅葉
的彼此參商上。對對方沒有半句責難，只自怨自艾：葉，生
得太遲了……

袈裟未著愁多事，著了袈裟事更多。

瀝血抄經奈若何？十年依舊一頭陀。袈裟未著愁多事，著了袈
裟事更多。

——宋・楊萬里　送德輪行者

　　許多人，在為世事困擾的時候，會以遁入空門出家為逃
避問題的「避難所」；彷彿以為只要跳出紅塵，進入空門，
便可以「萬事皆休」。

　　然而，人生最難解脫的困擾，就是「自己」；最難處理
的，就是「感情」；最難安頓的，就是「心」。真正要修成
正果，並不在於出家這一形式。如果是為了逃避而出家，只
有使事情更麻煩——多了各種出家戒律的限制，卻仍逃避不
了自己，處理不了感情，安頓不了心。

　　著了袈裟的外衣，到真正開悟，修行的道路，仍漫長得
很。而且，也仍是要一天天面對，一天天渡過的呀！以出家
來逃避世情，出發點就錯了。那路，能容易走嗎？

前不見古人，後不見來者。

前不見古人，後不見來者，念天地之悠悠，獨愴然而涕下。

——唐·陳子昂　登幽州臺歌

　　在滔滔濁世之中，不肯隨波浮沉，而想堅持原則、理想，甚至希望移風易俗的人，常是非常寂寞的，他會發現自己那麼有心無力，滿懷的熱血、抱負，竟然沒有人能了解稱賞。自己，成為周遭沉醉人群中的獨醒者，成為別人眼中的異類。登上當年燕王招賢納士的高臺，感慨更深。

　　前賢已逝，連背影也遠得看不見了，而後繼無人；恐怕一旦自己倒了下去，這一縷力圖重振古風的命脈，便成絕響。站在天地之間，站在承先與啟後的交叉點上，想到天地的廣邈，與自己的孤子。種種力不從心，怎麼禁得住悲從中來……

天階夜色涼如水，臥看牽牛織女星。

銀燭秋光冷畫屏，輕羅小扇撲流螢，天階夜色涼如水，臥看牽牛織女星。

——唐・杜牧　秋夕

夏末秋初，最是銀河耿耿，星光燦爛的時節。

白天，猶有暑意，到了晚上，入夜漸深，便涼風習習，極為舒爽。乘涼的女孩們，看到螢火蟲閃爍飛過，童心未泯，忍不住以小團扇撲螢為戲。

撲累了，就閒靠在台階上，享受清涼如水的清新夜色。忍不住仰頭，在耿耿銀河間，尋找那美麗神話故事中的牽牛星與織女星。

撲螢、看星，純是天真無邪的少女情懷。加以如水夜色，湊成一幅極生動，又極富情趣的秋夜即景。那一份悠閒與爛漫情懷，都令人為之欣羨。

兩情若是久長時，又豈在朝朝暮暮。

纖雲弄巧，飛星傳恨，銀漢迢迢暗度。金風玉露一相逢，便勝卻人間無數。

柔情似水，佳期如夢，忍顧鵲橋歸路。兩情若是久長時，又豈在朝朝暮暮。

——宋・秦觀　鵲橋仙

牛郎、織女，一年一度藉鵲橋相會的美麗神話故事，喚起多少人間癡情兒女的冥想與同情。

比起天上牛女一年一會來，人間夫婦天天廝守，似乎看來是幸運多了。可是，仔細想想，人間夫婦當真勝於天上牛女嗎？卻也未必盡然。

也許就是日日相見，太尋常了，反而不知珍惜。人間有多少夫婦反目相向，成了怨偶。又有多少，日久情疏，彼此終日相對，而視如不見，幾乎不感覺對方的存在。

這一種的朝朝暮暮，又有什麼意義呢？牛女雙星，雖然會少離多，反而因著他們的珍惜，而進入了感情世界的永恆。那才是真正可羨！想來，人們的同情，是多麼淺陋短視啊！

盈盈一水間，脈脈不得語。

迢迢牽牛星，皎皎河漢女，纖纖擢素手，札札弄機杼。終日不
成章，泣涕零如雨，河漢清且淺，相去復幾許，盈盈一水間，
脈脈不得語。

——漢·無名氏　古詩十九首之十

　　感情的表現，如果流於淺露，往往因一覽無遺，而全無
餘味可供細細涵泳。反之，寫得含蓄蘊藉，卻餘韻無窮，令
人低迴感動不已。

　　這一首古詩，寫的是家喻戶曉的故事：牛郎織女，可
是，他既沒寫如何纏綿悱惻的愛情，他沒寫鵲橋相會的悲
喜，他只用淡淡的筆法，描寫織女：「終日不成章，泣涕零
如雨」，來表現織女的心境及相思之苦。他也沒有描寫銀河
如何寬闊，相反的，銀河很淺、很窄；乾脆見不到，也就算
了，他卻寫他們能彼此相望，但不能相會傾訴，在脈脈的眸
光中，又含蘊了多少柔情呵！詩在此終結，卻留給讀者無限
淒美感傷的餘韻呢。

昨夜西風凋碧樹，獨上高樓，望斷天涯路。

檻菊愁煙蘭泣露，羅幕輕寒，燕子雙飛去。明月不諳離別苦，
斜光到曉穿朱戶。
昨夜西風凋碧樹，獨上高樓，望斷天涯路。欲寄彩箋無尺素，
山長水闊知何處！

——宋・晏殊　蝶戀花

　　總有人把青少年時代形容成黃金歲月，其實，多數人在
青少年時代都是相當渾噩的，也許衝勁十足，但常並不很明
確知道自己在做什麼。想做什麼，就如飛瀑急湍，盲目的向
前衝刺而已。

　　直到有一天，自己停下了腳步，重新省思生命的意義。
這一生所希望的目標，究竟何在？才彷彿自一切紛擾中抽身
而出，感覺到一些寂寞；必須獨自面對自我的寂寞。也有
一些新的覺醒；自茫然的盲從中，跳脫出尋找生命方向的覺
醒。有一些感傷，有一些孤獨，但，也有無窮的希望。

　　王國維把晏殊在新秋中的感受摘出，作為「古今之成大
事業大學問者，必經的三種境界」中的第一境：覺醒。

露從今夜白，月是故鄉明。

戍鼓斷人行，邊秋一雁聲。露從今夜白，月是故鄉明。有弟皆
分散，無家問死生。寄書長不達，況乃未休兵。

──唐·杜甫　月夜憶舍弟

　　從「白露」這一天起，露水就一天天更濃重了。秋空更
加爽淨，月明如水，可是，在遊子眼中看來，任何地方的月
亮，也沒有比故鄉更圓、更大，更明亮的！

　　而杜甫的心情，還不僅是承平時代的一個遊子，更是
經過戰亂離喪，劫後餘生的人。思念故鄉，而故鄉的親人手
足，卻因離散，而不知生死下落，連打聽的地方都沒有！也
寄信回家，但，似乎安慰自己的成份多；寄出的信，又有幾
封可以平安的送到故鄉呢？不僅如此，戰爭，仍在持續，自
己的未來如何，也仍在未定之天。望著明月，想著手足，念
著家鄉，心中的苦澀，真是難以言宣呀！

乍涼秋氣滿屏幃

一點銀釭欲盡時，乍涼秋氣滿屏幃，梧桐葉上三更雨，葉葉聲聲是別離。

調寶瑟，撥金猊，那時同唱鷓鴣詞，如今風雨西樓夜，不聽清歌也淚垂。

　　　　　　　　——宋·周紫芝　鷓鴣天

　　最先感到的秋意，總是從晚上開始。

　　在夜漸深，燈欲盡的時候，忽然，梧桐葉上，響起了沙沙的雨聲。涼意，一下捲進了房中，讓人感到森森秋意，已隨著這一陣的秋雨，降臨了人間。

　　秋，是一個讓人容易感傷的季節，尤其容易感受的，是寂寞。

　　有知情解意的人陪伴的時刻，寂寞，就沒有滲透的縫隙；在往昔的初秋，何曾感覺著寂寞？那時，室中散著氤氳爐香，飄著瑟調歌聲……，如今，只有梧桐葉上的雨聲，在耳邊訴著別離之苦……

他生未卜此生休

海外徒聞更九州，他生未卜此生休。空聞虎旅傳宵柝，無復雞
人報曉籌。此日六軍同駐馬，當時七夕笑牽牛。如何四紀為天
子，不及盧家有莫愁。

——唐·李商隱　馬嵬

　　想到唐明皇和楊貴妃，在長生殿中「願世世為夫婦」
的誓願，和馬嵬驛中「請以貴妃塞天下怨」，終於「倉皇輾
轉，竟就死於尺組之下」的結局，總令人產生「不勝滄桑」
的感慨！

　　在他們仰望牛女雙星，堅心密誓的時候，甚至還有著竊
笑雙星都不及他們恩愛的念頭。豈知，人間的盟誓，是那麼
的脆弱！說什麼世世為夫婦？就連今世，也未能白頭偕老，
而且，是這樣難堪的畫上休止符！

　　今生，尚不可期，來生，還能預卜想望嗎？

　　後人，便引用這一句，作為對人生的無奈和悲慨。

願身能似月亭亭，千里伴君行。

隋堤遠，波急路塵輕。今古柳橋多送別，見人分袂亦愁生，何
況自關情。

斜照後，新月上西城。城上樓高重倚望，願身能似月亭亭，千
里伴君行。

——宋・張先　江南柳

　　總充滿同情的看著別人依依不捨的折柳送別，豈知，有
一天，自己成了送別的主角。

　　就這樣，他，就走出了自己的視野，自己的生活，自己
的世界。一下子，心裡變得空空落落的，甚至不知往後的日
子該怎麼過？

　　太陽落山了，新月，在西城上露出臉來。見到了月亮，
她的心，有了寄託：月亮，是普照四方，無遠弗屆的；月
亮，能越過千山萬水的阻隔，在他遠行之後，仍照見他。
那，就讓她化身為月吧！好陪著他遠行，直到天涯，直到地
角……

碧雲天，黃葉地，秋色連波，波上寒煙翠。

碧雲天，黃葉地，秋色連波，波上寒煙翠。山映斜陽天接水，
芳草無情，更在斜陽外。
黯鄉魂，追旅思，夜夜除非，好夢留人睡。明月樓高休獨倚，
酒入愁腸，化作相思淚。

—宋・范仲淹　蘇幕遮

　　天空，是一片澄碧，樹葉，已經轉黃，飄落得滿地。大
自然的幕布，已換成了一幅秋日的圖畫，銜接著秋水澄波，
波面上，氤氳出一片煙波寒翠……

　　在行役羈旅的生涯中，秋天，特別容易勾起人思土懷鄉
之情。范仲淹是一代名將，在情感上，又何曾能異於常人？

　　眼前的景色，未嘗不美。但，「異鄉信美非吾土」，更
何況，心中還有思慕牽繫的影子？

　　因此，他獨自望著煙波，一直望到夕陽西下，情猶未
已。「夜夜除非，好夢留人睡」，然而好夢既難尋，又易
醒，唯有藉酒澆愁，逃入醉鄉，意苦情癡，名臣良將，竟有
如此婉轉柔情，真所謂「俠骨柔腸」了。

渡頭餘落日，墟里上孤煙。

寒山轉蒼翠，秋水日潺湲。倚杖柴門外，臨風聽暮蟬。渡頭餘
落日，墟里上孤煙。復值接輿醉，狂歌五柳前。

——唐・王維　輞川閑居贈裴秀才迪

又紅又圓的落日，向地平線落下。河邊的渡口，沐浴在
落日餘暉中。遠方的村落，在暮色中，升騰起一縷炊煙；是
那一家的主婦，開始為家人烹煮晚餐了吧？

渡頭的落日，寫出了一份遼闊蒼茫之感。而村落的炊
煙，又在寂靜安詳中，透露些許生命的溫情。

這一種閒淡的情致，正可顯示出詩人返璞歸真的人生
境界。對世界，他已是一個欣賞者，塵世的紛爭，早已遠離
了他的生活。他心中，也不再有俗塵，一片明澈。隱居的生
活，恬淡靜謐，來往的，也都是率性無偽的素心人。他把裴
迪，比作楚狂接輿，「狂歌笑孔丘」的高士。而又自比五柳
先生陶淵明，也可說是相當自許的了。

欲祭疑君在，天涯哭此時。

前年伐月支，城下沒全師。蕃漢斷消息，死生長別離。無人收廢帳，歸馬識殘旗。欲祭疑君在，天涯哭此時。

——唐·張籍　沒蕃故人

　　在很多情況下，會造成「失蹤人口」；生，不見人，死，不見屍，也沒有任何音訊。這種情況之下，帶給人的痛苦，往往比死亡消息確定，還來得難受。確定死了，可以用祭祀來抒解痛苦。而且，沒有迴旋餘地，接受了現實後，歲月，會撫平那份傷痛。但，失蹤，不敢存希望，也不願絕望，就把那痛苦懸宕在兩極間，時刻受著疑慮憂懼的煎熬。想祭祀，又心存忌諱，怕成了詛咒，不祥。不祭祀，又擔心他若真死了，變成無主的野鬼孤魂……

　　張籍這首詩，寫對一次全軍覆沒戰役中，失去下落的朋友，那一份牽念。與不知在與不在，不知當祭不當祭的矛盾與痛苦，寫得真摯而感人至深。

長恨此身非我有，何時忘卻營營。

夜飲東坡醒復醉，歸來彷彿三更。家童鼻息已雷鳴，敲門都不應，倚杖聽江聲。

長恨此身非我有，何時忘卻營營。夜闌風靜縠紋平，小舟從此逝，江海寄餘生。

—— 宋・蘇軾　臨江仙

　　我！在少年的時代，人似乎比較能自負的認為，自己是自己的生命主宰，「我」決定「我」的一切！

　　可是，等到逐漸長大，進入社會，進入仕途，才發現，「我」其實根本無法作主決定自己的什麼，有那麼多事，使人身不由己。彷彿成為一具傀儡，舉手、投足，全被各種的其他因素所左右，所控制。

　　原先懷抱的是經國濟世的熱血和理想呵！在走上仕途之後，卻不由自主的成為那汲汲營營，載浮載沉於宦海，失去了「自我」的傀儡！

　　什麼時候能擺脫這一切的束縛，而返璞歸真呢？

月光如水水如天

獨上江樓思悄然，月光如水水如天。同來玩月人何在？風景依
稀似去年。

──唐‧趙嘏　江樓感舊

　　賞月的最好去處，是水邊。水流，則波光粼粼，有迷離
之美。水靜，則月影倒映，相互交輝。所以，在月色宜人的
晚上，臨江的酒樓茶肆，便成為騷人墨客，文會雅集的最佳
場所。

　　月光，水一般的柔和清澈，自高天瀉下，流照人間。
江水波澄，倒映著天宇，靛藍而深邃，彷彿水底又是一片天
空，明月上下交映，水天一色，幾乎無法分辨是天如水，還
是水如天。

　　月色依然，去年同一賞月的人，卻風流雲散，面對一江
月色澄波，怎不油生寂寞之情？

惟草木之零落兮，恐美人之遲暮。

……日月忽其不淹兮，春與秋其代序。惟草木之零落兮，恐美
人之遲暮。不撫壯而棄穢兮，何不改乎此度。乘騏驥以馳騁
兮，來吾道夫先路。（節錄）

——戰國‧屈原　離騷

　　秋天，是大自然的生物，由極盛轉衰的季節，春日滋
生，夏日繁茂的草木，陸續轉黃、枯萎、凋落，看在人的眼
中，怎不油生對生命無常的感傷與憂懼？

　　草木如此，人，不也一樣嗎？不管如何傾城傾國，姿容
絕世的美人，也經不起歲月的蝕磨，而逐漸衰老、憔悴，失
去了原有的美色與風華，更令人難以承受。

　　繁盛與衰敗的強烈對照，總喚起人心深處對生命的無力
感；尤其，自己的年齡，也由青壯而步入中年的人，感受更
是強烈；中年，就人的生命來說，也是秋天了。尤其，如果
少壯時不曾努力，就連生命豐收的過程也沒有，就直接走上
衰敗。欲有所為，已時不我予，才真是可悲！

願為西南風，長逝入君懷。

明月照高樓，流光正徘徊，上有愁思婦，悲嘆有餘哀。借問嘆
著誰？言是宕子妻，君行踰十年，孤妾常獨棲。君若清路塵，
妾若濁水泥，浮沉各異勢，會合何時諧？願為西南風，長逝入
君懷，君懷良不開，賤妾當何依？

——三國‧曹植　七哀詩

　　同情弱者，是人之常情，因此，以「才高八斗」，而受
長兄曹丕迫害的曹植，就成了後人寄予同情的對象。其實，
造成手足相殘的局面，本是「冰凍三尺，非一日之寒」，是
非也不是二分法可論斷。但，曹丕即位後，曹植的處境，的
確是相當難堪。《七哀詩》，也含有很重的乞憐意味，十分
慘惻。

　　他以棄婦來表達自己的心聲，又以飛塵和濁泥來比喻
兄弟二人的差異，有如天壤。只希望作化一陣風，能吹到君
懷中，而猶恐君懷不開，不肯容納，便落得無依無靠，又不
知何去何從了。淒楚婉轉，自居卑賤，只望「君」垂憫的言
辭，真是辭哀心苦了。

只在此山中，雲深不知處。

松下問童子，言師採藥去，只在此山中，雲深不知處。

——唐・賈島　尋隱者不遇

　　採藥，是濟世救人的善功。隱士為採藥而入山，其志行之高潔，活人的善心，雖不明言，也是可想而知的事。深山幽壑，雲擁風捲，只在山中，不知其處。童子短短的對答，又為隱士增添了幾分飄然出塵的仙氣。不僅當時未遇隱者的賈島，在遙望雲山之際，不免有可惜未遇高人的遺憾。千百年來，對所有讀書人而言，都不禁對這位隱者，敬慕中，添上幾分仙風道骨的幻想。一派天機，卻出以自然，只能說是妙手偶得了。

禍兮福之所倚，福兮禍之所伏。

其政悶悶，其民醇醇，其政察察，其民缺缺。禍兮福之所倚，福兮禍之所伏，孰知其極？其無正。正復為奇，善復為妖。人之迷，其日固久。是以聖人方而不割，廉而不劌，真而不肆，光而不耀。

──春秋・李耳　老子・五十八章

　　古人說：「否極泰來」，又說「樂極生悲」，顯然易見的是，天下之事，好，與不好，都不是絕對的；表相的好事，可能有潛在的禍根，表相看來的禍事，也可能埋伏著善因。

　　像這樣的例子，實在太多了，人可能因得意而忘形，因富貴而驕恣，在應當是「福」的事上，種下了家敗人亡的禍因。也有人因困頓而奮鬥，因貧賤而勵志，終於卓然有成，反而因禍而得福了。

　　一切的禍福，都只是「因」，而非「果」。禍福因果，全在人面對與處理的態度。得意不可忘形，失意不可灰頹，時時心存警惕，多種福田，少肇惡因，才有平安呢！

六朝舊事隨流水，但寒煙衰草凝綠。

登臨送目，正故國晚秋，天氣初肅。千里澄江似練，翠峰如
簇。歸帆去棹殘陽裡，背西風，酒旗斜矗，綵舟雲淡，星河鷺
起，畫圖難足。

念往昔、繁華競逐。嘆門外樓頭，悲恨相續。千古憑高對此，
謾嗟榮辱。六朝舊事隨流水，但寒煙衰草凝綠。至今商女，時
時猶唱，後庭遺曲。

——宋·王安石　桂枝香

　　王安石晚年，退居金陵。金陵，俗名石頭城，就是如今
的南京。

　　金陵，是曾經極其繁榮富庶的都會。六朝——吳、東
晉、宋、齊、梁、陳，都以此為都城，可以想見當時是如何
的人文薈萃，富貴繁華了。在地理上，更有龍蟠虎踞之勢，
還加上長江天險。但，又怎樣呢？六朝，在轉眼間，已成了
歷史，只留下無數的古蹟，供後人憑弔。

　　堅固的城牆，抵不住內裡的腐化，加上外來的強敵。高
大的城樓，悲憫的俯視著一代代的興起、衰亡。不變的，只
有無情的野草，在荒涼的寒煙中嘆息。

　　站在這兒，個人的得失榮辱，還看不淡嗎？

今宵酒醒何處？楊柳岸，曉風殘月。

寒蟬淒切，對長亭晚，驟雨初歇。都門帳飲無緒，方留戀處、蘭舟催發。執手相看淚眼，竟無語凝噎。念去去、千里煙波，暮靄沉沉楚天闊。

多情自古傷離別，更那堪、冷落清秋節！今宵酒醒何處？楊柳岸，曉風殘月。此去經年，應是良辰好景虛設。便總有，千種風情，更與何人說。

——宋・柳永　雨霖鈴

「愛，別離」，是人生最大的無奈與痛苦。

安排了餞別的酒宴，卻又有什麼心情去享用呢？想把自己灌醉，也只為了逃避那臨別的難堪呀！

執手依依，千言萬語，全哽咽在喉間，只有淚眼相對。不知趣的舟子，卻一再催促著上船。船，這一離岸，可就是去向千里外，煙波深處，為蒼茫暮色所吞沒的南天！

秋天，就夠淒情的了，再加上遠別……情，何以堪？醉吧！睡吧！就把別離的痛苦，交給醉眠吧，等自醉眠中醒來，所見的，該是曉風中，殘月淒冷的掛在岸邊的楊柳梢頭……在寫景中，卻透出無限深情。

一闋驪歌，因這兩句的清婉蘊藉，而成絕唱。

相思相見知何日，此時此夜難爲情。

秋風清，秋月明，落葉聚還散，寒鴉棲復驚。相思相見知何日，此時此夜難為情。入我相思門，知我相思苦，長相思兮長相憶，短相思兮無窮極。早知如此絆人心，何如當初莫相識。

——唐·李白　秋風詞

　　秋風瑟瑟，秋月娟娟，獨立月下，看著風掃落葉，月驚棲烏，不禁勾起無盡的相思之情。

　　相思之苦，嘗受方知。隔著跨越不過的空間阻隔，想要相逢、相見，是那麼奢侈！也不知何日方能解慰這一番渴慕之情！

　　相見的歡娛，不敢想望。就這一時、這一夜的相思煎熬，也是不堪負荷承受呵！不能怨，不能恨，只是，不知如何安頓自己這一片心，這一份情。也不知如何才能熬過這漫漫長更！

　　「早知如此絆人心，何如當初莫相識」，也是情到深處的「決絕之語」吧！

天若有情天亦老，搖搖幽恨難禁。

悵望浮生急景，淒涼寶瑟餘音。楚客多情偏怨別，碧山遠水登
臨。目送連天衰草，夜闌幾處疏砧。

黃葉無風自落，秋雲不雨長陰。天若有情天亦老，搖搖幽恨難
禁。惆悵舊歡如夢，覺來無處追尋。

——宋・孫洙　何滿子

　　人，有生老病死，七情六慾，大自然，有新陳代謝，四
季更移。似乎，只有天，是永恒不變的，永遠高高在上，默
察一切，卻又無動於衷。

　　真的是無動於衷！不管地上發生了什麼巨變，它也是若
無其事的冷眼旁觀，不摻雜一點的感情成份。它，根本沒有
感情！也就因此吧，它才能永恒不變，任世間上演什麼改朝
換代，轟動一時的戲目，它也只是默然俯察而已。

　　它怎能有情呢？它若有情，看到人世間如此的紛亂，看
到那一幕幕悲歡離合的人間悲喜，恐怕，也難以自持，會為
人世的種種滄桑、憂患，而急白了頭。

　　若天都老了，還有什麼是永恒的呢？

晚來風定釣絲閒，上下是新月。

搖首出紅塵，醒醉更無時節。活計綠蓑青笠，慣披霜衝雪。
晚來風定釣絲閒，上下是新月。千里水天一色，看孤鴻明滅。

— 宋·朱敦儒　好事近

　　古代的淡泊高潔之士，在看透世情之後，往往選擇歸向田園務農，或是走入煙波釣魚，為後半生的生計。

　　比之農夫，漁父顯然有更廣闊，不受拘束的生活空間。一艘船，便是一個自由天地，五湖四海，處處可以為家。只要願意，紅塵的一切是是非非，全可以阻絕於生涯之外。那一份逍遙自得，恐怕是沒有任何行業可以比擬了。所以從范蠡、嚴光，一直到張志和，都做了同樣的選擇。

　　晚上，風停了，波平如鏡。一葉小舟，夾在天水之間，新月在天上，月影在水中，插在船頭的釣絲，悠然的隨著微波起伏晃動著。漁父呢？當然，正怡然自得的享受著他的生活。

欲買桂花同載酒，終不似，少年遊。

蘆葉滿汀洲，寒沙帶淺流，二十年，重過南樓。柳下繫船猶未
穩，能幾日，又中秋。
黃鶴斷磯頭，故人曾到否？舊江山，渾是新愁。欲買桂花同載
酒，終不似，少年遊。

——宋·劉過　唐多令

　　舊地，可以重遊；舊友，可以重晤；舊事，可以重溫。
可是，回到舊地，會晤舊友，溫習舊事，往往帶給人的，是
無限的悵惘與感傷；那失落的少年情懷，是永遠再找不回來
了！

　　劉過，年輕時，曾旅居武昌。那時，宋室剛剛南渡，他
懷抱著滿腔熱血，尋求報國之道。飄泊江湖二十年，在中秋
節之前，他又回到了武昌。江山未改，人事滄桑，有著無盡
的感恨悲涼。

　　和朋友們在安遠樓雅集，歌姬慕名索詞，情景依稀少年
時代。可是，二十年哪！即使買花載酒，重尋舊夢，又那能
找回那無憂的少年情懷呢？

雲中誰寄錦書來，雁字回時，月滿西樓。

紅藕香殘玉簟秋，輕解羅裳，獨上蘭舟。雲中誰寄錦書來，雁字回時，月滿西樓。

花自飄零水自流，一種相思，兩處閒愁。此情無計可消除，纔下眉頭，卻上心頭。

——宋・李清照　一剪梅

　　生活中，一旦少了相親相依的人，心，一下子彷彿就變得空空落落的了。而時間，也變得格外的悠長，格外的難挨。

　　秋天了！是北雁南飛的時候了，雁，是捎書帶信的使者。是誰，從遙遠的天邊，託南飛的雁群，為她捎來了書信？一字一句，對她而言，都麗如爛錦，綺似流虹。又那麼溫慰的，慰貼了她的心房。可是，也那麼具體的宣告了她和他關山間阻的事實。

　　雁，何時回去呢？她的回信，何時才能寄達？

　　月光，瀉滿了樓中。是一輪圓月，正溫柔悲憫的俯視著她的孤悽……

欲說還休，欲說還休，卻道天涼好個秋。

少年不識愁滋味，愛上層樓，愛上層樓，為賦新詞強說愁。

而今識盡愁滋味，欲說還休，欲說還休，卻道天涼好個秋。

——宋·辛棄疾　醜奴兒

　　少年情懷，總帶著幾分唯美與浪漫。為了表示自己不幼稚，不淺薄。於人生有閱歷，有感慨。對感情既濃烈，又執著。因此常刻意學古人登樓望遠，營造一些感傷的氣氛，化成多愁善感的美麗詩句，來做年輕生命的點綴。

　　而如今，經歷了人生旅途上無數的風波挫折，坎坷失意，嚐盡了人世的冷暖滄桑。對悲苦、愁怨、離喪、生死，都有了深刻的體會，卻無法有那一份說愁訴怨的心情。也許是根本無從說起，也許是歲月已淡化了昔日的濃烈激情。對人生，說什麼呢？哦——天涼快多了，秋天，可真好呀！

　　中年後，對人生的態度，往往有一份較溫厚的欣賞和寬容，不再那麼尖銳的對立、苛求，「天涼好個秋」，也可以是正面的人生境界呢！

今夜故人來不來？教人立盡梧桐影！

落日斜，秋風冷。今夜故人來不來？教人立盡梧桐影！

——唐·呂洞賓　梧桐影

「等待」的滋味，是最難熬的。

約定了時間、地點，滿心熱切的赴約。時間到了，人沒有來。對朋友，尤其，是心愛的人，是不忍苛責的，總為他設想了一百個遲到的理由。帶著原諒、寬容的心情等待。

時間一分一秒的過去了——這一分一秒，已比平常長了十倍——該來啦！為什麼還不來呢？心中開始除了煩亂，還有憂急；對自己欠缺自信的，更加上胡思亂想……

不等了，走吧……可是，也許，他就到了呢？再等一會兒，他會來的！抱著信賴與深情，一會兒，又一會兒……從日落，直等到夜深。梧桐下的樹影，都消失了，他，到底來不來？

漸寫到別來，此情深處，紅箋爲無色。

紅葉黃花秋意晚，千里念行客。飛雲過盡，鴻雁無信，何處寄書得？

淚彈不盡臨窗滴，就硯旋研墨。漸寫到別來，此情深處，紅箋爲無色。

——宋・晏幾道　思遠人

　　自從分別之後，就沒有了消息。

　　好容易盼到秋天，雁來了，可是……一陣又一陣的雁字，沒有駐足，便掠過了秋窗。

　　忍不住失望的淚，一滴滴向下落。用硯臺承接住淚，就用淚水，磨成墨，來給遠方的人寫信吧！多少相思，多少幽怨，多少別後的點點滴滴，每一筆，每一劃，都是淚化成的呵！

　　是載負不了這一份深情吧？那燦紅的紅箋，彷彿也失去了顏色。

斜陽外，寒鴉數點，流水繞孤村。

山抹微雲，天粘衰草，畫角聲斷譙門。暫停征棹，聊共引離尊。多少蓬萊舊事，空回首，煙靄紛紛。斜陽外，寒鴉數點，流水繞孤村。

消魂，當此際，香囊暗解，羅帶輕分。漫贏得青樓，薄倖名存。此去何時見也，襟袖上，空染啼痕。傷情處，高城望斷，燈火已黃昏。

——宋‧秦觀 滿庭芳

面臨離別，多少往事，都不堪回首。對面的一雙淚眼，也不忍觸及，只有把目光，投向遠方。日已銜山，暮色中，幾點寒鴉飛噪，一彎流水，靜靜的圍繞著原野間，孤伶伶的村落⋯⋯

一種幽寂之美，自短短的句子中曲曲傳達。同時，也反映了詩人孤寂落寞的心境。詞中境界，有如一幅畫。而且，如晁無咎所說：「雖不識字人，亦知是天生好言語」。真所謂信手拈來，便成妙諦。

秦少游這闋《滿庭芳》極為有名，一時傳唱，人稱「山抹微雲秦學士」。只可惜寫情稍嫌露骨，而被蘇東坡把他與柳永並列，使秦少游為之慚服。

欲將心事付瑤琴，知音少，絃斷有誰聽？

昨夜寒蛩不住鳴，驚回千里夢，已三更。起來獨自遶階行，人悄悄，簾外月朧明。

白首為功名，舊山松竹老，阻歸程。欲將心事付瑤琴，知音少，絃斷有誰聽？

——宋‧岳飛　小重山

　　岳飛的《滿江紅》一詞，可說膾炙人口，無人不知。更由於音樂的傳播，連兒童也朗朗上口。《滿江紅》，慷慨激昂，充分表現了岳飛熱血沸騰的一面。

　　可是，他不僅只是激昂沸騰而已，他也有含斂深思的一面。尤其，在朝廷中，議和的聲浪高張。皇帝自己就有欽宗若回來，自己何以自處的心病。秦檜更是心存叵測，眼見山雨欲來風滿樓，自己一腔忠愛，竟是無法發揮。整個局勢，也使他心中有著隱隱的不安。憂深愁重，卻無人了解。這種「知音少，絃斷有誰聽」的悲哀，與《滿江紅》的奔放，全是出於赤膽忠心。在情境上，卻完全不同。

人如風後入江雲，情似雨餘黏地絮。

桃溪不作從容住，秋藕絕來無續處。當時相候赤闌橋，今日獨
尋黃葉路。

煙中列岫青無數，雁背夕陽紅欲暮。人如風後入江雲，情似雨
餘黏地絮。

——宋·周邦彥　玉樓春

　　人生，有些錯誤，是還有機會彌補的。有一些，永遠也不
再有彌補的機會，而留下終天遺恨。

　　許多讀了《桃花源記》的人，都遺憾那漁夫太傻，為什麼
不就留在桃花源中呢？可是，顯然，找到桃花源，因為當時不
知珍惜，而永遠失去的，並不只那漁夫一個。

　　往往，一念之差，就是再也挽不回的失誤。而在那「一
念」的當時，卻又怎能預見料及呢？人生的可悲，就在這兒：
人，永遠也沒有「早知道」。

　　等到知道時，永遠嫌晚；逝去的人，像被風吹到江心的雲
一樣，再也回不來了。而失落的情，也像落在泥中的蘆絮，永
遠無法再飛起⋯⋯

一葉隨風忽報秋，縱使君來豈堪折。

楊柳枝，芳菲節，所恨年年贈離別。一葉隨風忽報秋，縱使君
來豈堪折？

——唐・柳氏　章臺柳

在唐人傳奇中，有一篇《柳氏傳》，寫大歷十才子之一的韓翊，和他的愛妾柳氏的一段非常纏綿悱惻的動人故事。

柳氏是一位絕色女子，因天寶之亂，和遠方的韓翊斷了消息，只好躲在尼庵中，剪髮毀形避禍。由於她的美麗，使韓翊十分憂心，派人帶了一闋詞給她，信中頗為疑懼：「章臺柳，章臺柳，昔日青青今在否？縱使長條似舊垂，也應攀折他人手。」他的不信任，使柳氏非常傷心。也回了一闋詞，詞中說：「秋天來了，柳葉落了，恐怕你回來時，柳枝也憔悴蒼老得不堪攀折了。」

情深意苦，淒婉欲絕，讀來真令人感傷呵。

傲殺人間萬戶侯，不識字煙波釣叟。

黃蘆岸白蘋渡口，綠楊隄紅蓼灘頭。雖無刎頸交，欲有忘機
友。點秋江、白鷺沙鷗。傲殺人間萬戶侯，不識字煙波釣叟。

──元・白樸　沉醉東風

　　「萬戶侯」，是一個人所能希望的榮華富貴的極致了。
但，萬戶侯的滋味又如何呢？怕「伴君如伴虎」，一朝得
罪，便從青雲之上掉下來。怕樹大招風，朝中樹敵，明槍易
躲，暗箭難防；怕子孫不肖，怕臣屬二心，怕……

　　而漁父，可沒有這麼多擔心的事。白蘋渡口，紅蓼灘
頭，一年四季有賞不完的美景。他不需要什麼為他兩肋插刀
的朋友；淡泊的生涯中，沒有那些事。倒是有不少素心相
待，不拘禮，也沒有機心的朋友常來常往。不但是人與人
間，只有情誼，沒有利害，與秋江上的鷗鷺，也彼此相安，
互不驚擾。連讀書識字，都屬多餘；煙波中垂釣，哪用得著
那些？萬戶侯？誰稀罕他？

山雨欲來風滿樓

一上高樓萬里愁，蒹葭楊柳似汀洲。溪雲初起日沉閣，山雨欲來風滿樓。鳥下綠蕪秦苑夕，蟬鳴黃葉漢宮秋。行人莫問當年事，故國東來渭水流。

——唐·許渾　咸陽城東樓

凡是將有重大的變革之前，通常都有一些徵兆可尋，讓人感覺到一些不尋常的氣氛。

比如，在下大雨之前，首先，陰雲吞沒了太陽。氣壓降低，讓人感覺窒息。然後，刮起了冷風，使小樓中，頓然充滿寒意。再接著幾陣霹靂巨響，豆大的雨點，就嘩啦嘩啦毫不容情的落了下來。

這一種下大雨先刮大風的徵兆，就被後人引用在發生重大事件前，那種窒悶、不安，使人感覺有沉重壓力的氣氛。這一種醞釀、蓄勢待發的氣氛，就如大雨前的大風一樣，蘊蓄著聲勢驚人的無比威力呢！

夕陽無限好，只是近黃昏。

向晚意不適，驅車登古原。夕陽無限好，只是近黃昏。

——唐‧李商隱　樂遊原

　　美好，卻無常的事物，常常使人無奈而感傷。

　　夕陽銜山，彩霞滿天，景致何等美好。但，轉眼之間，已到暮色四合的黃昏時節，眼前的一切美景，都將為黑夜吞沒。任人如何的惋惜，也是無法讓美景留駐，又怎不使人為之悵然。

　　大自然如此，人生豈不也是一樣嗎？美好的時光，總是過去的太快，紅顏易老，美人遲暮，一切事物，繁華到巔峰之後，必然是衰微；人若無警惕之心，則衰微的速度更快。挽回，往往是力不從心的，我們所能做到的，也只不過是珍惜，莫讓美好時光虛度而已。

西風殘照，漢家陵闕。

簫聲咽，秦娥夢斷秦樓月。秦樓月，年年柳色，霸陵傷別。
樂遊原上清秋節，咸陽古道音塵絕。音塵絕，西風殘照，漢家
陵闕。

——唐‧李白　憶秦娥

　　古代，有許多的盛世，有許多的霸主。他們在世上時，
都威名赫赫，建功立業，創下了不朽的聲威，流傳後世，為
人景仰。

　　也就只是景仰了。想當初，秦始皇統一六國，建都咸
陽，那時的咸陽，必然是極一時之盛，繁華無比。可是，以
秦始皇的氣慨魄力，開創的曠古基業，只傳了兩代，就煙消
火滅了。項羽一把火，使阿房宮連遺跡都沒留下。

　　漢，取秦而代之，先後也出了不少文治武功，都有所建
樹的皇帝。可是，如今呢，也只留下了他們的陵墓，在樂遊
原上的西風殘照裡，供人低徊憑弔而已。

　　人世滄桑如此，怎不令人感慨呢？

只恐舞衣寒易落，愁入西風南浦。

鬧紅一舸，記來時嘗與，鴛鴦為侶。三十六陂人未到，水佩風
裳無數。翠葉吹涼，玉容銷酒，更灑菰蒲雨。嫣然搖動，冷香
飛上詩句。

日暮青蓋亭亭，情人不見，爭忍凌波去。只恐舞衣寒易落，愁
入西風南浦。高柳垂陰，老魚吹浪，留我花間住。田田多少，
幾回沙際歸路。

——宋・姜夔　念奴嬌

　　吳興，以荷花繁盛，而有「水晶宮」之稱。武陵和西
湖，也以荷花聞名。對姜夔這樣一位具有唯美情懷的詞人來
說，徜徉在花叢中度夏，那真是再無別求了。

　　可是，和一切美好的事物，都難以長久的定律一樣，荷
花，也只有一夏的繁盛。到了西風吹起的時候，這些身穿著
霓裳羽衣的荷花仙子，也會禁不起寒風摧殘，而舞衣紅褪，
容顏憔悴的凋零。這是姜夔自己也無可奈何的事。他能為荷
花做什麼呢？只是用他的筆，捕捉荷花的清香，風華、神
韻，寫成美麗的詞。讓後世的人在讀到詞的時候，彷彿又與
他一起，回到了荷花叢中……

醉臥沙場君莫笑，古來征戰幾人回？

葡萄美酒夜光杯，欲飲琵琶馬上催。醉臥沙場君莫笑，古來征戰幾人回。

——唐·王翰　涼州詞

　　戰爭，是人類最殘酷的行為。而兵士，更是這一集體行動的殘酷行為中，無辜的受害者。君王，發動戰爭，主動侵略也好，被動自衛也好，至少還有決定的權利，也還知道「為什麼」。如果戰勝，他更是得利者。可是，兵士呢？他們甚至不知為了什麼，就被驅策上了戰場。失敗了，犧牲的是他們。勝利了，解甲歸田就是萬幸。

　　因此，勞人思婦之詩，在文學史上，從詩經起，就佔了相當的份量。反戰，當然！誰願意做戰爭的犧牲者？

　　喝醉了酒，就睡在戰場上了。好笑嗎？自古而來，能不永遠躺在戰場上，而回家的，有多少人呢？詩中的悲涼，真是椎心泣血呵！

二十四橋明月夜，玉人何處教吹簫。

青山隱隱水迢迢，秋盡江南草未凋。二十四橋明月夜，玉人何處教吹簫。

　　　　　　　　　　　　　　　——唐·杜牧　寄揚州韓綽判官

　　揚州，是位於水陸交通要衝的大商埠。貿易鼎盛，富庶繁華，天下聞名。亭台樓閣，吹彈歌舞，更是極一時之盛。燈紅酒綠，紙醉金迷，所謂「春風十里揚州路」，可以想見富貴風流之一斑。

　　風流，也講品味，品味不高，便落下乘。品味高的，則風雅情致兼具。

　　杜牧的朋友，在揚州任官。杜牧寄詩給他，問他生活近況。先由江南風景下筆，問到他人時，問的卻極清靈不俗；由此不但見出韓綽的品味，也見出杜牧的風致；他問的是：當今夜二十四橋月色皎潔的時候，你，在何處教伊人吹簫呢？玉人，已見高潔，月下吹簫，更是何等風雅！這才真正是高人雅士的風流！

還君明珠雙淚垂，恨不相逢未嫁時。

君知妾有夫，贈妾雙明珠，感君纏綿意，繫在紅羅襦。妾家高樓連苑起，良人執戟明光里。知君用心如日月，事夫誓擬同生死。還君明珠雙淚垂，恨不相逢未嫁時。

──唐・張籍　節婦吟

在人的一生中，時常要面對抉擇。

抉擇，常是痛苦的。在「事難兩全」之上，勢必要有所割捨；有時，基於道義，有時，基於原則，總之，總是不得已。

人就是這樣一路割捨上來的。一念之間，就和割去的那一部分，永遠說再見了。無悔？更正確的說，根本沒有「悔」的空間。

相見恨晚的一段愛情，其實比喻了很多的情況。總之，「弱水三千」，只允許取一瓢飲。對於其他，不是不了解，也不是不感激，但，只有「割捨」。

晚涼天淨月華開

往事只堪哀，對景難排。秋風庭院蘚侵階，一桁珠簾閒不捲，
終日誰來？
金劍已沉埋，壯氣蒿萊。晚涼天淨月華開，想得玉樓瑤殿影，
空照秦淮。

——五代·李煜　浪淘沙

　　當一個人，從榮華富貴的極致——一國之君的寶座上
跌了下來，而成為勝利者的階下囚虜時，往昔的種種富貴奢
華，妙舞清歌，享盡天下福的生活，都成了不堪回首的傷痛
淒楚。

　　從李煜出生起，生於深宮之中，長於婦人之手，他就不
知道什麼叫愁苦，什麼叫冷落。居住是宮殿樓閣，伴隨是侍
臣宮女，錦衣玉食，選舞徵歌。先後兩位國后，都是知情解
意的人間絕色。人生至此，夫復何求？

　　如今呢？庭院深深，人聲寂寂，仰望窺蒼，天色澄淨，
月華如水。如果在江南的時代，如此月夜，豈能虛度？可
是，明月依舊照向江南，也只照見宮殿冷落，秦淮嗚咽了
吧……

何時倚虛幌，雙照淚痕乾。

今夜鄜州月，閨中只獨看。遙憐小兒女，未解憶長安。香霧雲鬟濕，清輝玉臂寒。何時倚虛幌，雙照淚痕乾。

——唐・杜甫　月夜

　　對著團圞明月，想念家中妻小，是外出的人共有的體驗。

　　想什麼呢？一方面思念過去在一起時的種種可憶可念之事。一方面也臆測摹想：他們現在正做些什麼？

　　設身處地，在明月下，她也許也獨自望著月亮想念我吧？孩子還太小，還不懂得什麼叫想念。

　　月團圓，月下形隻影單的人，真是情何以堪！但，明月，是唯一可以寄情的對象了，她又何忍歸眠？霏霏的薄霧，沾濕了她的頭髮。清冷的月光，會使她雙臂感覺著寒意；她知道，自己也在月下想念她嗎？什麼時候，一家人重新團聚，讓明月照著一雙笑顏，而不是兩雙淚眼！

素月分輝，銀河共影，表裡俱澄澈。

洞庭青草近中秋，更無一點風色。玉界瓊田三萬頃，著我扁舟一葉。素月分輝，銀河共影，表裡俱澄澈。悠然心會，妙處難與君說。

應念嶺表經年，孤光自照，肝肺皆冰雪。短髮蕭騷襟袖冷，穩泛滄浪空闊。盡吸西江，細斟北斗，萬象為賓客。扣舷一笑，不知今夕何夕。

——宋・張孝祥　念奴嬌

　　洞庭湖，自古以來，便是中國人心目中最廣漠浩渺的一座大湖。在天氣清朗的時候，是無邊無際的水天一色，波平如鏡的月夜，更是天清水澄，星月上下交輝，明淨如琉璃，令人不知置身何處。

　　小舟，就在近乎透明的世界中飄浮。月光，似乎把人也穿透了，使一直以孤忠自許，以一片冰心在玉壺自期的張孝祥，深深感覺，自己也能無愧的融和在這一片不染點塵的澄澈之中。

　　這一份無愧，使他感覺成了天地間的主人。怡然扣舷而笑，天地萬物，盡為賓客，真是不知「今夕何夕」。

但願人長久，千里共嬋娟。

明月幾時有，把酒問青天，不知天上宮闕，今夕是何年。我欲乘風
歸去，又恐瓊樓玉宇，高處不勝寒。起無弄清影，何似在人間。
轉朱閣，低綺戶，照無眠。不應有恨，何事長向別時圓？人有悲歡
離合，月有陰晴圓缺，此事古難全。但願人長久，千里共嬋娟。

——宋・蘇軾　水調歌頭

「天下無不散的宴席」，人與人，無論是如何相愛相
親，到頭來，總免不了生離或死別。

讀書人，進入仕途，更是升遷降謫，全身不由己。同朝
為官的兄弟，也是各自東西，相見甚難。蘇軾和弟弟蘇轍，
從小十分友愛，任官之後，也是各有各的任所。

丙辰中秋，蘇軾在密州，蘇轍在濟南。中秋節，是中國
人十分重視的團圓佳節，總要隆重慶賀。酒宴中，雖然也是
開懷暢飲，氣氛歡樂，但夜闌人散後，他卻想念起了山隔水
阻，不能相見的弟弟，遺憾著月圓人不圓。人生，就是這樣
無奈的，只能祈禱，各自平安無恙；雖然相隔千里，還能共
賞一輪明月，彼此思念，也就聊慰相憶之情了。「千里共嬋
娟」，是天下有情而分隔的人的共同心聲呵！

對酒當歌，人生幾何？譬如朝露，去日苦多。

對酒當歌，人生幾何？譬如朝露，去日苦多。慨當以慷，幽思難忘，何以解憂，惟有杜康。青青子衿，悠悠我心，但為君故，沉吟至今。呦呦鹿鳴，食野之苹，我有嘉賓，鼓瑟吹笙。明明如月，何時可掇，憂從中來，不可斷絕。越陌度阡，枉用相存，契濶談讌，心念舊恩。月明星稀，烏鵲南飛，繞樹三匝，何枝可依。山不厭高，海不厭深，周公吐哺，天下歸心。

──三國・曹操　短歌行

　　人世，有許多不平，「死」，卻是公平的。王公將相也好，庶民百姓也好，在死神面前，一樣無處逃遁。

　　曹操，是一代豪傑。年輕時，建功立業，到了中年，大權在握，卻悲哀的發現：自己已漸老去。想到人生命的短暫，豈不就像早上凝聚的露珠一樣，很快就在陽光下蒸發了。人壽有限，過去的日子，卻如手中握的細沙一樣，不斷流失。這一種覺悟，使他心中充滿了悲壯的情懷，生命，不能再浪費了，行樂，也須及時。但他並不是一味沉溺頹廢，縱情逸樂的人，只是提醒自己，要珍惜短暫的人生。「去日苦多」，一個「苦」字，包含了多少無奈呀！

開軒面場圃，把酒話桑麻。

故人具雞黍，邀我至田家。綠樹村邊合，青山郭外斜。開軒面場圃，把酒話桑麻。待到重陽日，還來就菊花。

——唐·孟浩然　過故人莊

　　農家待客，談不上精致講究，但，摯意誠心，是絕對無可置疑的。

　　桌上的菜餚，都是自家種的青蔬，養的雞鴨，花樣也許沒都市繁多，但真材實料，還加豐盛；深恐自家酒不足、飯不夠，菜不豐、餚不富，慢待了客人。

　　放眼望出去，一片的綠意。山色青青，樹色青青。臨窗，就是一大片的晒穀場，一邊喝著酒，一邊吃著菜，一邊談著身邊的事；生活單純的農家，是不管軍國大事，紅塵是非的。他們關切的是，農作啦，收成啦……多麼淳樸親切的一派天機。重陽菊花之約，更留下裊裊餘韻。

秋風起兮白雲飛，草木黃落兮雁南歸。

秋風起兮白雲飛，草木黃落兮雁南歸。蘭有秀兮菊有芳，懷佳
人兮不能忘。汎樓船兮濟汾河，橫中流兮揚素波。簫鼓鳴兮發
棹歌，歡樂極兮哀情多。少壯幾時兮奈老何！

—漢·劉徹　秋風辭

漢武帝，是歷史上以開疆拓士，雄才大略，威震匈奴，
定國安邦，而聞名的一代英王。後世人講漢唐盛世，大抵指
的都是他和唐太宗。

照理說，他可稱為天之驕子，顧盼自雄了。可是，他真
的快樂滿足嗎？不！他依然和所有平凡的人一樣，有他的無
奈與悲愁。

他所愛的李夫人，青春早逝，而他，只能無助的看著她
病，她死，全然沒有辦法回天。

如今，泛樓船，鳴簫鼓，似乎是歡樂的頂峰。但，秋
風起了，草木凋零了，大自然由繁盛走向衰敗，他呢？這歡
樂，他能享有多久……怎不叫他悲從中來？

空山松子落，幽人應未眠。

懷君屬秋夜，散步詠涼天。空山松子落，幽人應未眠。

——唐·韋應物　秋夜寄邱員外

　　秋天，雖然是衰颯的，卻也有另一番如同人入中年的沉靜，淡泊，與凝鍊。

　　秋夜，更具有一份幽寂淡靜之美。這一種美，卻須要具有同樣幽寂淡靜之心的人，才能體會。

　　在秋夜的空山中散步，初秋的涼意，正宜於尋詩覓句。只是，太寂寞了一點。除了偶然松子自樹梢落下的聲響外，只有自己低吟之聲迴盪。

　　這樣寂靜的夜，還有誰能領略這番幽趣，可以共享呢？也只有你了。只有你這樣淡泊幽雅的人，會喜歡這樣的情味，會為了愛秋夜的幽寂之美，仍未歸眠……

留得枯荷聽雨聲

竹塢無塵水檻清，相思迢遞隔重城；秋陰不散霜飛晚，留得枯荷聽雨聲。

——唐・李商隱　宿駱氏亭寄懷崔雍崔袞

什麼叫「美」呢？有些美是炫人眼目的，有些美是清淡雅致的；精緻是美，樸拙也美；蒼茫浩瀚固然美，小橋流水，何嘗不美？氣勢不同，境界不同，但「美」則無可置疑。

大抵來說，年輕的心境，較容易接受繁盛之美，花團錦簇，搖彩流虹。但，到了中年，有了不同的心境與情懷，也就有了另一種對美的欣賞層次。

秋天到了，滿湖的荷花，早結成蓮蓬，被採蓮女採收了。剩下了斷梗枯葉，秋雨瀟瀟，奏出了淒清秋韻。這需要能領略枯淡之美的人才能欣賞，而且，特意留下枯荷，來聽夏之歌的尾聲呢。

當時只道是尋常

誰念西風獨自涼，蕭蕭黃葉閉疏窗，沉思往事立殘陽。

被酒莫驚春睡重，賭書消得潑茶香，當時只道是尋常。

——清‧納蘭性德　浣溪沙

　　「人在福中不知福」，恐怕是絕大多數人類共同的弱點了。人，不管對人、地、事、物，永遠都追求、珍愛那遙遠的，難得、甚至得不到的。對自己所擁有的，往往視而不見，尤其，對身邊的人，最容易忽視她的存在與重要。對她給予的一切，習慣了領受，彷彿理所當然如此。不要說感謝，甚至連感覺都沒有。在心中，她不佔地位，不存在，只因為，她一直都「存在」。

　　她的重要，似乎非等到有一天她從生活中失落了，才會發覺；原來，她的存在，對自己有多麼重要，又是多大的幸福！而自己一直忽略，把她付出的一切，視如尋常。

　　人，為什麼永遠為後知後覺而失悔呢？

商女不知亡國恨，隔江猶唱後庭花。

煙籠寒水月籠沙，夜泊秦淮近酒家。商女不知亡國恨，隔江猶唱後庭花。

——唐·杜牧　泊秦淮

　　南北朝，南朝最後一代君主陳後主，是一個「花花公子」型的風流天子。一天到晚徵歌選舞，沉醉在溫柔鄉中，連上朝問政，都把愛妃張麗華抱在膝上，全無威儀，更不拘禮法。喜愛文學音樂，每與文學侍臣，作些豔詩麗句，譜成新腔，以供歌舞。「玉樹後庭花」便是其中代表作，詞藻香豔，曲調柔靡。有識之士，憂心忡忡，知其為亡國之音，後來果然亡於隋。「玉樹後庭花」便被視為亡國之兆了。

　　杜牧泊舟秦淮河畔，聽對岸舞榭歌樓，絃歌沸天，盡是後庭花一類的靡靡之音。深憂國勢日衰，而人心頹靡，沉溺歌舞。借古諷今，寫下如此沉痛的詩句。

芳草有情，夕陽無語，雁歸南浦，人倚西樓。

亭皋木葉下，重陽近，又是搗衣秋。奈愁人庾腸，老侵潘鬢，謾簪黃菊，花也應羞。楚天晚，白蘋煙盡處，紅蓼水邊頭。芳草有情，夕陽無語，雁歸南浦，人倚西樓。

玉容知安否？香箋共錦字，兩處悠悠。空恨碧雲離合，青鳥沉浮。向風前懊惱，芳心一點，寸眉兩葉，禁甚閒愁，情到不堪言處，分付東流。

——宋・張耒　風流子

「對偶」，是中國文學中一項堪稱絕技的修辭技巧，也是中國文學獨有的特色之一。在兩兩相對的句型中，在廣度上、深度上，都有相輔相成的作用。對文學之美，更有如西施敷粉，更添妍色的效果。

《風流子》這一詞牌中，就廣泛的運用了這一種技巧，共達六組之多。不但辭采繽紛，讀來更是音韻鏗鏘，如大珠小珠落玉盤。

秋景、秋情，人在秋日中，感傷感慨，總是特別多。芳草芊綿，天涯海角，處處滋生。紅日無言西落，又送走了一天。北雁南飛，雁落平沙，全不理會樓頭悄立的人的孤寂與盼望。美，是靜態的，而宛轉情思，盡在其中。

何處合成愁，離人心上秋。

何處合成愁，離人心上秋，縱芭蕉不雨也颼颼。都道晚涼天氣
好，有明月，怕登樓。

年事夢中休，花空煙水流，燕辭歸、客尚淹留。垂柳不縈裙帶
住，漫長是、繫行舟。

——宋·吳文英　唐多令

　　「愁」，是什麼呢？吳文英把「愁」拆成「秋」、
「心」，而給「愁」下了個定義：秋意，沉重的壓在為分離
所苦的人們心頭。

　　秋天，本是衰颯蕭瑟的季節，用秋心合成一個「愁」
字，也可見古人造字的匠心。而天下最令人難遣的愁，是相
思之苦；相思，又因離別而起，經過吳文英這一詮釋，就更
精妙了。

朝來入庭樹，孤客最先聞。

何處秋風至，蕭蕭送雁群，朝來入庭樹，孤客最先聞。

—— 唐·劉禹錫　秋風引

　　一個人，處於歡樂之中時，常會對周遭的事物，視而不見的輕忽過去。即使有所知覺，也會因事不干己，而不放在心上。甚至，覺得天地萬物的四時變化，無非為我助興而已。沒有深刻的感受。

　　但，孤寂，又客居於外地的人，就不同了。變得異常的敏銳善感，即使是最細微的季節變化，也會勾起他無限的根觸感傷，尤其，在秋天的時候。

　　看到雁群南飛，自己，卻少了一對可以翻山越河，歸向故鄉的翅膀！秋風，吹向樹梢，沒有牽掛的人，總是感覺遲鈍，又豈在意秋風起否？只有孤寂中的人，才率先感覺那淒清慘惻的秋聲，不堪聽聞呵！

同是天涯淪落人，相逢何必曾相識。

……我聞琵琶已嘆息，又聞此語重唧唧，同是天涯淪落人，相逢何必曾相識。（節錄）

——唐‧白居易　琵琶行

　　天下，有許多不甚公平合理的事，令人惋嘆，卻又無可奈何。有的人，懷才不遇，壯志難伸；有的人，含冤負屈，遭受讒害；也有人遇人不淑，抑鬱終身，或漂泊淪落，難覓知音……

　　白居易就曾因上疏不當，而從長安由太子左贊善大夫，貶謫為江州司馬。在他來說，這一貶謫，是受人排擠讒害所致，滿腹冤屈不平。所以，在偶然機會，遇到技藝高絕，卻「老大嫁作商人婦」，流落江湖的琵琶女，便因同病相憐，而格外惺惺相惜。相同的際遇，雖然初次相見，也感覺彼此的了解，有如夙識的知己一般了。

　　琵琶行，是白居易的一首長詩，由於出於親身感受，比另一首《長恨歌》顯得更為深刻，也更令人感動。

落霞與孤鶩齊飛，秋水共長天一色。

……虹銷雨霽，彩徹雲衢，落霞與孤鶩齊飛，秋水共長天一色。漁舟唱晚，響窮彭蠡之濱。雁陣驚寒，聲斷衡陽之浦。遙吟甫暢，逸興遄飛……（節錄）

——唐‧王勃　滕王閣序

大自然的景色，是無私的，公平的鋪展在每個在時空交會點上的人眼前。但，絕大多數的人，只會覺得「好美呀！」卻形容不出如何美來，但，落到驚才絕豔的才子眼中，他三言兩語，就把別人心中想，口中說不出的美景描繪得「呼之欲出」。後世人讀到的時候，都覺得「宛然在目」。

滕王閣，位於南昌，臨鄱陽湖。王勃以兩句話，寫出黃昏時，水天一色，孤鶩單飛於晚霞間，既開闊，又深沉的美景。據說，就此兩句，使當時氣憤他不懂事，搶去讓女婿表現的機會，而深為不悅的州牧，都為之改容相敬呢！

風前橫笛斜吹雨，醉裡簪花倒著冠。

黃菊枝頭生曉寒，人生莫放酒杯乾。風前橫笛斜吹雨，醉裡簪花倒著冠。

身健在，且加餐，舞裙歌板儘情歡。黃花白髮相牽挽，付與旁人冷眼看。

——宋・黃庭堅　鷓鴣天

「形象」，往往成為人很大的束縛。但，一個真正的君子，在於他的人格、風骨、品德、修養，而「誠於中、形於外」。只拘泥行規步矩的外在形象，沒有內涵配合的話，那，只是一個偽君子。真正具有君子內蘊的人，卻可能並不那麼遵守細微末節，反而率真無偽的表現他真正的自我。孔子說「從心所欲不踰矩」。從心所欲，就是一種率真。即使率真，也仍是君子風，才是真君子。

黃庭堅也是一位率真之士。尤其，到了晚年。他可以風前吹笛，不介意雨絲沾衣。可以醉裡簪花，而任憑冠帽顛倒。他不管別人冷眼相看，卻以菊友自居，不矯飾，不折節，而怡然自得；這又何曾影響了別人對他的景仰呢？

我心素已閒，清川澹如此。

言入黃花川，每逐青谿水，隨山將萬轉，趣途無百里。聲喧亂石中，色靜深松裡；漾漾汎菱荇，澄澄映葭葦。我心素已閒，清川澹如此。請留盤石上，垂釣將已矣。

——唐‧王維　青谿

　　所謂「物以類聚」，不一定單指人與人間的志趣相投，人與天地萬物間，也會產生一種默契與融和，彷彿天生地設，就是彼此相屬。

　　晚年返璞歸真的王維，已洗褪了一襟煙塵，拋捨了人生名韁利鎖的牽絆，找回了率真樸素的自我。以閒靜淡泊之心，回歸自然。

　　當他看到清澈的溪流時，就感覺格外的喜悅；這涓涓潺潺的清溪水，恰如他自己目前的心境一樣，澄澈空靈，在心境上，感到一種和諧的合而為一；使他竟產生就留在溪邊盤石上垂釣，度此一生的願望呢！

采菊東籬下，悠然見南山。

結廬在人境，而無車馬喧。問君何能爾？心遠地自偏。采菊東
籬下，悠然見南山。山氣日夕佳，飛鳥相與還。此中有真味，
欲辨已忘言。

——晉·陶潛　飲酒之四

　　一個人，是否快樂，並不在於權勢的高低，出身的貧
富，生活的豐儉。榮華富貴，錦衣玉食，不等於快樂，真正
的快樂，是心境的平安。

　　想平安，首先要清心寡慾。慾望大，要求多的人，恐怕
就和平安絕緣了。因為，慾望是難填的深壑，永遠有新的，
難以達成的慾望，使人不得安寧的在前方誘惑。

　　如果人能因一念之悟，了解知足常樂的道理，在心境
上，立時就是一片風清月朗的新境。俗塵遠去，平安自來。
心中沒有了塵滓，所剩的，就是閒淡悠然，無所挂礙的自
得。無欲無求，一片清明坦蕩，閒來籬下採菊，抬頭青山在
望，全在不經意間，卻已尋得了人生至樂。

莫道不消魂，簾捲西風，人比黃花瘦。

薄霧濃雲愁永晝，瑞腦噴金獸。佳節又重陽，玉枕紗廚，昨夜涼初透。

東籬把酒黃昏後，有暗香盈袖；莫道不消魂，簾捲西風，人比黃花瘦。

——宋·李清照　醉花陰

　　對在相思之苦中的人，平日已不勝其情。到了春秋佳日，則更因少了一同歡度佳節的伴侶，而格外心情寥落，難以排遣。

　　景，是不能不應的；逢年過節，總各有屬於那一天的特別節目。重九，是登高、賦詩、飲酒、賞菊、佩茱萸，這些照章辦理並不難。難的是，形隻影單，心頭的淒涼，拂之不去。李清照在重九日，寫下了含蓄蘊藉的詞，寄給遊學在外的丈夫：不要以為她不傷情呀，西風吹捲了垂簾，閨中人的容顏，比菊花還消瘦幾分。

　　有至情，乃有至文。這幾句也因之成為千古絕唱。

永夜角聲悲自語，中天月色好誰看？

清秋幕府井梧寒，獨宿江城蠟炬殘。永夜角聲悲自語，中天月色好誰看？風塵荏苒音書絕，關塞蕭條行路難。已忍伶俜十年事，強移棲息一枝安。

——唐・杜甫　宿府

在持續的戰亂中，杜甫跟隨嚴武，隨軍參謀。

幕府，本來就是森嚴蕭殺之地。再加上時值深秋，萬物凋零，兵荒馬亂，百姓流離。國家的局勢，又不樂觀，自己雖得一枝之棲，心念國亂，又那能安枕？

中夜輾轉，耳邊，不時聽到畫角低沉嗚咽，彷彿自言自語的在泣訴著什麼。

披衣走向庭中，月色如水，仰望中天明月，皎潔美好。若在承平時，這正是宜於賞月賦詩的良宵。可是，在這危亂之際，又有誰還有那份心情呢？

揀盡寒枝不肯棲，寂寞沙洲冷。

缺月掛疏桐，漏斷人初靜。誰見幽人獨往來？縹緲孤鴻影。

驚起卻回頭，有恨無人省。揀盡寒枝不肯棲，寂寞沙洲冷。

——宋·蘇軾　卜算子

　　在表面上看，蘇軾這闋《卜算子》，在寫一隻失群孤雁。

　　孤雁失群，是如何的悽悽惶惶，驚恐不安呵！但，並沒有因而失去他一向固守的生活方式；他不肯隨意棲息在有人居住的地方。寧可抱持著寂寞苦節，投向無人的沙洲。

　　蘇軾寫的豈止是隻孤雁？他在寫他自己！孤雁的寂寞、堅貞，寧願選擇孤伶，而不願趨俗媚世。寧捨可得的高枝，而選淒冷的沙洲，都是蘇軾自己的寫照；他若願意放棄自己的風骨、原則，去迎合那些「新黨」小人，何至於坎坷一生？但，他選擇了坎坷！也選擇了永垂不朽的文章事業！

秋草獨尋人去後，寒林空見日斜時。

三年謫宦此棲遲，萬古惟留楚客悲。秋草獨尋人去後，寒林空見
日斜時。漢文有道恩猶薄，湘水無情弔豈知。寂寂江山搖落處，
憐君何事到天涯。

——唐·劉長卿　長沙過賈誼宅

　　自古至今，每一代都會產生一些有才學、有抱負，希望
致君堯舜，經國濟世的忠直之士。可嘆的是，歷朝歷代，也
總有這樣的忠直之士，被嫉妒、被貶謫，流落不偶，潦倒一
生。甚至因而英年早逝，為人間留下無限憾恨。也令後世有
相同際遇的人，同聲一哭；哭那抱屈含恨而歿的英魂，也哭
自己步上了懷才不遇的後塵。

　　屈原如此，宋玉如此，賈誼如此，當失意的劉長卿，經
過漢代被貶謫於長沙的賈誼故宅，但見滿目蕭條。踏著萎黃
的秋草，獨自憑弔，昔人已歿，只剩寂寂寒林日落，心中的
悽愴難言；當年，賈誼弔屈原，今日自己弔賈誼，一代代的
重複著同樣的悲劇，空自憑弔，又有何用呢？

夕陽西下，斷腸人在天涯。

枯藤老樹昏鴉，小橋流水平沙。古道西風瘦馬，夕陽西下，斷腸人在天涯。

——元・馬致遠　天淨沙

馬致遠，是一位白描寫景的高手，他這一首《天淨沙》中，就把這一特長發揮得淋漓盡致。

詩中有畫，是對詩人的讚美，《天淨沙》更是一幅畫；一詞一物，一句一景，只要照著文字添補畫成，就是一幅意境高遠，滿目秋思的圖畫。而畫中透出的寂寞蒼茫，蕭瑟淒清，更令人不能不亦為之斷腸。

枯藤、老樹、昏鴉，寫出秋的蕭條。小橋、流水、平沙，寫出心的嚮往。古道、西風、瘦馬，寫出人的孤寂疲憊。夕陽西下，更烘托出一片蒼茫悲涼。人在天涯，置身景中，能不斷腸？

似此星辰非昨夜，為誰風露立中宵。

幾回花下坐吹簫，銀漢紅牆入望遙。似此星辰非昨夜，為誰風露立中宵。纏綿思盡抽殘繭，宛轉心傷剝後蕉。三五年時三五月，可憐杯酒不曾消。

——清・黃景仁　倚懷詩

同樣的景物，若是心情不同，看在眼中的感受，也判如天壤。尤其，在有情人相聚時，無物不是欣欣含笑，晴也可喜，陰也可喜。若在分離時看，卻全是鬱鬱愁容，晴也可厭，陰也可厭了。

一樣的星辰耿耿，卻已不是昨夜的星辰。已過夜半，但愁思輾轉，又如何入眠？只有數盡殘更，遙望著那一角伊人所居的紅樓，可望而不可及，有如銀漢迢迢，難以飛渡。不辭風寒露冷，佇立中宵，一片癡情，又是為誰呢？

癡情兒女，在時空阻隔的情況下，是完全忘情於物外的。相思成疾，又何曾不從風露中宵來？天下最難解的，不是連環，而是情繭呀！

曉來誰染霜林醉，總是離人淚。

碧雲天，黃花地，西風緊，北雁南飛，

曉來誰染霜林醉，總是離人淚。

——元·王實甫　端正好

深秋時節，楓葉經霜轉紅，有如紅酡的醉顏。在離人眼中看來，卻是離別的血淚染成的。短短語句中，含有多少傷別之情！

這一首《端正好》，是《西廂記》中「哭宴」的曲子，是崔鶯鶯送張生上京赴試，送行時所唱的，情景交融，淒美之至。

西廂記被金聖嘆評為「第六才子書」，也的確是當之無愧的。

鵷得腐鼠，鵷鶵過之，仰而視之曰：嚇

……南方有鳥，其名為鵷鶵，子知之乎？夫鵷鶵發於南海，而飛於北海。非梧桐不止，非練實不食，非醴泉不飲。於是鴟得腐鼠，鵷鶵過之，仰而視之曰：「嚇！」（節錄）

————戰國·莊周　莊子·秋水

「以小人之心，度君子之腹」，是對人性弱點一針見血的俗諺。一個人，對別人的態度和想法，往往是自己心態的反射；寬厚的人，總把別人往好處想；騙子，不相信任何人；貪財的人，認為天下無人不貪……總之，以己度人。因此，很容易自一個人對別人的衡量中，認識他自己的本性。

莊子每以寓言說理。他以一個小故事，說明了品格高下不同的人，差距如何遙遠。而低下的人，又如何難以了解高貴情操，總以為別人和他一樣低下。就像一隻翱翔天宇，極為尊貴自重的鳳凰，飛過貓頭鷹頭上。貓頭鷹卻以為鳳凰要搶他的臭老鼠吃，而抬頭威嚇趕走鳳凰一般可悲可笑。

漸霜風淒緊，關河冷落，殘照當樓。

對瀟瀟暮雨灑江天，一番洗清秋。漸霜風淒緊，關河冷落，殘照當樓。是處紅衰翠減，苒苒物華休。惟有長江水，無語東流。

不忍登高臨遠，望故鄉渺邈，歸思難收。嘆年來蹤跡，何事苦淹留。想佳人、登樓顒望，誤幾回天際識歸舟。爭知我，倚闌干處，正恁凝眸。

——宋‧柳永　八聲甘州

　　柳永，在一般人的印象中是個輕薄浪子。他的作品，也大多是所謂狎邪之詞，男歡女愛，粉膩脂香，適合青樓歌妓吟唱。雖然，他也有羈旅行役，感慨蒼涼的作品，卻多為他儇薄之名所掩；蘇軾就曾因秦觀寫了些艷詞，諷他：「山抹微雲秦學士，露花倒影柳屯田」，而使秦觀引以為羞，可知他的名聲之低。

　　但「八聲甘州」的這幾句，卻是蘇軾也嘆服的，認為唐人佳處，不過如此。因為這幾句寫的氣象雄渾，悲壯之中，又蘊蓄著無限感慨蒼涼。這一境界，在詞中殊不多見，柳永，又豈止輕儇薄俗而已？

年年今夜，月華如練，長是人千里。

紛紛墜葉飄香砌，夜寂靜，寒聲碎，真珠簾捲玉樓空，天淡銀
河垂地。年年今夜，月華如練，長是人千里。

愁腸已斷無由醉，酒未到，先成淚。殘燈明滅枕頭欹，諳盡孤
眠滋味。都來此事，眉間心上，無計相迴避。

　　　　　　　　　　　　——宋·范仲淹　御街行

　　一年，十二次月圓之夜，又以秋天的月圓之夜，月色最
美。似水清光，如一匹白練，直瀉而下。

　　這樣的月色，一般人眼中，只覺得美好、歡欣，與所愛
的人在一處賞月，更是賞心樂事。

　　但，團欒明月，落在離鄉背井，與親人愛侶分隔兩地的
人眼中，卻是只增感傷，更覺難堪。

　　月圓，可奈人不圓？那對不得團圓的人而言，月便圓
得有幾分殘忍了。欲遣離愁。唯有呼酒。可是，這沉沉壓在
心上眉間的愁緒，是根本無以逃避的。在月圓之夜的孤眠滋
味，任是英雄豪傑，也難以禁受呵！

草木有本心，何求美人折。

蘭葉春葳蕤，桂華秋皎潔。欣欣此生意，自爾為佳節。誰知林
棲者，聞風坐相悅。草木有本心，何求美人折。

——唐·張九齡　感遇其二

「有花堪折直須折，莫待無花空折枝」，這是站在人的
立場說的。人，自居於萬物之靈，以萬物皆為可以隨心所欲
安排驅使的對象，見花美，便要攀折，還自認為出於一片愛
花惜花之心。但，站在花木的立場，難道願意這樣被攀折、
被供養，在萎謝之後，被棄擲、被踐踏嗎？

也許，有一些迎俗媚世，溫室養殖的花是這樣的，一如
世上攀附夤緣，不惜卑屈以求功名的小人。但，真正具有堅
貞本色的花木，卻寧可在深山幽澗中，自開自謝，也不願成
為富貴人家供養的玩物。

高潔的隱士，和這樣的花木一樣，是寧可深隱山中，嘯
傲煙霞，也不願折節的。

無窮無盡是離愁，天涯地角尋思遍。

祖席離歌，長亭別宴，香塵已隔猶回面。居人匹馬映林嘶，行
人去棹依波轉。

畫閣魂消，高樓目斷，斜陽只送平波遠。無窮無盡是離愁，天
涯地角尋思遍。

——宋·晏殊　踏莎行

　　有形可見的事物，必有極限，也總可以量度。但，無形
的思想、感情，卻沒有極限，也無法量度它的多寡與長短。

　　一曲驪歌，一席別宴之後，去的人，坐船走了，仍不禁
回首依依。留的人，遙遙目送。船隨波而去，遠了，小了，
看不見了，只有無際煙波，在眼前鋪展……

　　人，是再也望不見了，只有離愁在心中滋長，把空間的
距離，填得滿滿的。

　　不知他到了何方，只有讓思念之情，走遍天涯海角，搜
索追尋……

惟將終夜常開眼，報答平生未展眉。

閒坐悲君亦自悲，百年多是幾多時？鄧攸無子尋知命，潘岳悼亡猶費詞。同穴窅冥何所望？他生緣會更難期。惟將終夜常開眼，報答平生未展眉。

——唐‧元稹　遣悲懷其三

　　《遣悲懷》，是由三首七律組成的悼亡詩。

　　元稹的妻子，是工部尚書的女兒，尚書的官職相當高，尚書之女，可稱得是宦門千金。而當時元稹自己才授校書郎，官卑職小，也尚未成名。

　　以一位千金小姐，下嫁他這樣的小公務員，她卻絲毫沒有怨言，安於清貧。由錦衣玉食的生活，到以野菜充飢，以落葉為薪的窮苦生涯，真如由天堂到了地獄。她卻無怨無悔的承受了，成為元稹不得意時的最大支柱。

　　可惜，在元稹平步青雲之際，她卻去世了，留給元稹無限哀思。也只有常夜深不寐的，回想她過去的種種恩德，報答她的深情，和勞瘁貧苦，沒享過他一天福的遺憾。

天長地久有時盡，此恨綿綿無絕期。

……臨別殷勤重寄詞，詞中有誓兩心知。七月七日長生殿，夜半無人私語時：在天願為比翼鳥，在地願為連理枝。天長地久有時盡，此恨綿綿無絕期。（節錄）

——唐·白居易　長恨歌

　　講到中國四大美人，西施、王昭君、貂蟬，都是為國立功的。只有楊玉環，被後人視為紅顏禍水，把安祿山之亂的禍首罪名，硬加在她身上。而唐玄宗「父納子妻」，也怪上了她。

　　這只有說她「紅顏薄命」了。一個國家的興亡，必然「冰凍三尺，非一日之寒」，政亂國危，又豈一個後宮妃子所能左右的？倒是唐玄宗和她的一段愛情，經過詩人的美化，成為家喻戶曉的故事。

　　白居易以這一段愛情故事為主題，所寫的《長恨歌》，成為膾炙人口的史詩。白居易溫柔敦厚的給了這故事一個美麗動人的結局。但「此恨綿綿」，所恨為何，就頗耐人尋味了。

當初漫留華表語，而今誤我秦樓約。

別館寒砧，孤城畫角，一派秋聲入寥廓。東歸燕從海上去，南來雁向沙頭落。楚臺風，庾樓月，宛如昨。

無奈被些名利縛，無奈被他情擔閣。可惜風流總閒卻。當初漫留華表語，而今誤我秦樓約。夢闌時，酒醒後，思量著。

——宋·王安石　千秋歲引

　　得與失，時常是一體兩面；每一份的「得」中，都有一份「失」為代價。值不值得，就看各人不同的價值觀，與衡量的角度了。

　　在宋代，王安石算是一位名臣，新舊黨爭，雖然交替得勢，整個來看，他總算是相當得意仕途的。他的新法，雖然不算成功，但一直得到皇帝的支持。拜相執掌大權，封國公之位，一生榮華富貴，位極人臣。

　　但到晚年回首，他卻有被名韁利鎖束縛了一生的感嘆與覺悟。為了功名，他犧牲了求仙修道的路途，犧牲了山盟海誓。在當時，是義無反顧就放棄了。晚年卻不禁懷疑：到底當初的抉擇，值不值得；至少，心中有憾呵！

死生契闊，與子成說，執子之手，與子偕老。

擊鼓其鏜，踊躍用兵。土國城漕，我獨南行。

從孫子仲，平陳與宋。不我以歸，憂心有忡。

爰居爰處，爰喪其馬。于以求之，于林之下。

死生契闊，與子成說，執子之手，與子偕老。

于嗟闊兮，不我活兮，于嗟洵兮，不我信兮。

——詩經‧邶風　擊鼓

　　新婚燕爾，正是兩情綢繆的時節。對已成眷屬的有情人而言，最大的願望，莫過於白頭偕老。

　　但，世事難料，人事無常，誰又知道這一生際遇如何？所以承諾的，只是在任何情況下，此情不改，此心不變。因此，彼此發下誓願：不管是生也好，死也好，離也好，聚也好，都不變心。彼此緊握雙手，一心期望天從人願，白頭偕老。

執手霜風吹鬢影，去意徊徨，別語愁難聽。

月皎驚烏棲不定，更漏將殘，轆轤牽金井。喚起兩眸清炯炯，
淚花落枕紅綿冷。

執手霜風吹鬢影，去意徊徨，別語愁難聽，樓上闌干橫斗柄，
露寒人遠難相應。

——宋·周邦彥　蝶戀花

　　古人遠行，通常都會趕早出門。離別在即，加上趕早，前一夜，就很難睡得安穩了。方自朦朧，又教喚醒，一睜眼，離別已迫在眼前。

　　清曉寒風凜冽，吹著鬢髮，吹著衣袂，寒意直透到心底。該走了，又遲疑著，邁不開腳步，有太多的話想說，可是……也許，還是不要說吧，說出來，更添慘惻淒傷。就這樣無言相望，似乎，又少了點什麼。緊執著雙手，凝重的愁緒，凍結了時空……

　　星斜了，人遠了，只有雞聲，此起彼落的應答著。

月落烏啼霜滿天，江楓漁火對愁眠。

月落烏啼霜滿天，江楓漁火對愁眠。姑蘇城外寒山寺，夜半鐘聲到客船。

——唐・張繼　楓橋夜泊

這一首詩，是詩人羈旅在外，於蘇州城閶門外泊舟。愁思難遣，秋夜聞鐘，感興而作。

全詩幾乎純是白描寫實：

冷月西斜，棲鳥驚噪，時值深秋，霜降的寒氣，瀰漫周遭。只此一句已寫出了無限淒寒。

江邊的楓樹，與江上的漁火，遙遙相對，愁人不眠，盡入眼底。在靜寂之中，更寫出了羈旅的無聊與無奈；夜深人靜，昏黑之中，所見只有近處江楓，遠處漁火而已。二者默默相對，又豈解羈旅無眠之愁？再推一步，寒夜聞鐘，雖破岑寂，卻更反襯了愁人的寂寞與淒涼。

男兒西北有神州，莫滴水西橋畔淚。

年年躍馬長安市，客舍似家家似寄。青錢換酒日無何，紅燭呼盧宵不寐。

易挑錦婦機中字，難得玉人心下事。男兒西北有神州，莫滴水西橋畔淚。

——宋・劉克莊　木蘭花

　　一個武職官，在不上戰場打仗的時候，比文職官清閒得多。他們不必案牘勞形的辦公，閒空的時候，跑跑馬，賭賭錢，喝喝酒。家眷不在身邊的，更秦樓楚館，選舞徵歌，逍遙之至。

　　若在感情上認了真，更不免「兒女情長，英雄氣短」，家中的妻子的思念之情，全不在意。卻千金賣笑的徵逐聲色，爭風吃醋。

　　劉克莊對一位林姓推官，藉戲謔的口吻，諷勸他：神州未復，男子漢應當建功立業於邊關，而不該把眼淚浪費在無謂的兒女私情上。這對生活糜爛的武官，真是當頭棒喝呀！

美人如花隔雲端

長相思，在長安，絡緯秋啼金井闌。微霜淒淒簟色寒。孤燈不
明思欲絕，卷帷望月空長嘆。美人如花隔雲端。上有青冥之高
天，下有淥水之波瀾。天長路遠魂飛苦，夢魂不到關山難。長
相思，摧心肝。

——唐・李白　長相思其一

　　征夫思婦之詞，是歷史上，代代承續，不曾止息的哀
歌。李白的兩首《長相思》，是代征夫思婦吐露心聲的樂府
詩，一唱一答，極盡纏綿之情。

　　秋天，本來就是相思的季節。夜長難寐，獨對孤燈，
孤燈也昏黯不明。相思欲絕，無人可訴。捲帷望月，明月清
照。除了長吁短嘆，更能如何？

　　美人如花，奈何遙隔雲端，不可企及。

　　欲借夢魂歸去，只恐青冥天高，羽翼難生，綠水波瀾，
舟楫難渡。連夢魂也越不過關山路遙。

　　「長相思，摧心肝」，令天下征夫，同聲一哭。

不信妾腸斷，歸來看取明鏡前。

日色欲盡花含煙，月明如素愁不眠。趙瑟初停鳳凰柱，蜀琴欲奏鴛鴦絃。此曲有意無人傳，願隨春風寄燕然。憶君迢迢隔青天，昔日橫波目，今作流淚泉。不信妾腸斷，歸來看取明鏡前。

——唐·李白　長相思其二

　　在邊關的征夫，固然摧肝腐心的思念在長安的妻子。在長安的思婦，思念之情，又何曾稍減於征夫？李白《長相思》其一，是秋夜孤燈獨對的征夫思家之情。其二，則是春日虛度良辰的思婦懷夫之情。總之，春花秋月，在無人共賞下，盡成恨葉愁根了。

　　鳳凰柱，鴛鴦絃，都是作對成雙的，但，知音何在？春風不度玉門關，更何況燕然？青天遼闊，而人在天涯。曲中有意，也唯有自聆自賞，更增傷痛。

　　橫波美目，早因終日淚如泉流，漸失光采。容癯顏悴，唯有照影明鏡能知。一切都因相思斷腸而起，歸來看取明鏡，也是一番堅貞自白。

何當共剪西窗燭，卻話巴山夜雨時。

君問歸期未有期，巴山夜雨漲秋池。何當共剪西窗燭，卻話巴
山夜雨時。

——唐‧李商隱　夜雨寄北

　　古代夫婦分居於兩地的情形，十分的普遍。征夫思婦，
那是不在話下。一般讀書人，遊學訪名師，固然不便攜眷同
行；入了仕途，遊宦四方，也不一定攜眷上任。若不得功
名，給人作幕僚，那更是自顧不暇了。總之，男兒志在四
方，豈能在家守著妻小度日？何況，有些家中有產業的，要
有人守，有父母子女的，也要有人侍奉哺育。

　　一個人，隻身在外，尤其夫妻感情好的，豈能不思不
念？寫這首詩時，李商隱隻身在蜀，家小在河內。巴山秋
夜，夜雨瀟瀟，寂寞之情更深。以詩代書，告訴妻子自己的
生活情況。卻一心期盼，能回家中，在西窗燭光下，再一同
追憶今日情景。詩很平淡，深刻處，正在這份家常與平淡！

燕子樓空，佳人何在，空鎖樓中燕。

明月如霜，好風如水，清景無限。曲港跳魚，圓荷瀉露，寂寞無人見。紞如三鼓，鏗然一葉，黯黯夢雲驚斷。夜茫茫，重尋無處，覺來小園行遍。

天涯倦客，山中歸路，望斷故園心眼。燕子樓空，佳人何在，空鎖樓中燕。古今如夢，何曾夢覺，但有舊歡新怨。異時對，黃樓夜景，為余浩嘆。

——宋·蘇軾　永遇樂

　　有一個小掌故：蘇東坡和秦少游許久不見了，蘇問秦，有何近作？秦舉了一例：「小樓連苑橫空，下窺繡轂雕鞍驟」，蘇笑他：十三個字，只寫了一個人騎馬樓前過。也舉了十三字，即「燕子樓空……」使秦大為嘆服，在座的晁無咎讚美：十三字，寫盡了關盼盼燕子樓的故事。

　　蘇軾自題是宿燕子樓，夢盼盼而作。實則，在詞中寄託了對人世滄桑的無限感慨；關盼盼，是沒有人了解她深情堅貞的奇女子。自己，一腔忠愛，也總受到曲解與猜忌。關盼盼的寂寞，有他了解。而他的寂寞呢？由夢盼盼，他覺悟到「古今如夢，何曾夢覺」，又怎忍得感慨萬端！

休說鱸魚堪膾，盡西風、季鷹歸未？

楚天千里清秋，水隨天去秋無際。遙岑遠目，獻愁供恨，玉簪
螺髻。落日樓頭，斷鴻聲裡，江南遊子。把吳鉤看了，闌干拍
遍，無人會，登臨意。

休說鱸魚堪膾，盡西風、季鷹歸未？求田問舍，怕應羞見，劉
郎才氣。可惜流年，憂愁風雨，樹猶如此。倩何人喚取，紅巾
翠袖，搵英雄淚。

——宋·辛棄疾　水龍吟

　　張季鷹，是一個但求率性適意，而不拘禮俗的人。因
此，能為了思吳中菰菜羹、鱸魚膾，便命駕南歸。但辛棄疾
卻反用這一個典故，否定了這件事；他否定的，並不是昔日
的張季鷹，而是現在的辛棄疾；他不以張季鷹的做法為然。
所以，同樣的「羈宦數千里」，遠離家鄉作官，他是不會
「鱸魚堪膾」而「歸」的！

　　辛棄疾不是一個率性的名士，他是一腔忠愛，滿懷「恢
復之志」的英雄豪傑。他反對頹廢自適如張季鷹，他是積極
進取的；有幾個文人有「把吳鉤看了，闌干拍遍」的壯闊
呢？但，「無人會，登臨意」。也只好靠「紅巾翠袖」來
「搵英雄淚」了。

心之憂矣，如匪澣衣。

汎彼柏舟，亦汎其流，耿耿不寐，如有隱憂。微我無酒，以敖以遊。
我心匪鑒，不可以茹。亦有兄弟，不可以據。薄言往愬，逢彼之怒。
我心匪石，不可轉也，我心匪席，不可卷也，威儀棣棣，不可選也。
憂心悄悄，慍於群小，覯閔既多，受侮不少。靜言思之，寤辟有摽。
日居月諸，胡迭而微？心之憂矣，如匪澣衣。靜言思之，不能奮飛。

　　　　　　　　　　　　　　　　　——詩經‧邶風　柏舟

　　一件沒有洗的髒衣服，穿在身上，是什麼滋味呢？那
份骯髒、垢膩、異味……揮之不去的黏在身上，想想就夠難
受的了。詩人，就以這樣「可想而知」的字句，直接訴諸讀
者感覺，來形容自己那份壓抑在內心，不為人知的憂慮與苦
悶。

　　一個人，活在世上，想秉持原則風骨，做一個濁世滔滔
中的獨醒者，就注定了受苦的命運；低卑的人，憎恨高潔；
小人，憎恨君子；奸佞憎恨忠良；貪官憎恨廉吏。只因，這
份「好」，對照了他們的「不好」。而他們是不會自省的，
只恨別人不該「好」，不和他們同流合污。

　　可是，人性的光輝，正昭顯在這份堅執的痛苦中。

落月滿屋梁、猶疑照顏色。

死別已吞聲，生別常惻惻。江南瘴癘地，逐客無消息。故人入
我夢，明我長相憶，君今在羅網，何以有羽翼？恐非平生魂，
路遠不可測。魂來楓林青，魂返關山黑。落月滿屋梁，猶疑照
顏色。水深波浪闊，無使蛟龍得。

——唐・杜甫　夢李白其一

「文人相輕」，或許是事實，卻不能一概而論。以唐代
詩壇，照耀寰宇的詩仙李白、詩聖杜甫來說，就不能用這句
話來抹煞他們間的友誼。尤其杜甫對李白，更是推崇備至。
因此，當他知道李白以附永王璘的罪名下獄，並流放夜郎的
時候，日有所思，夜有所夢的，接連三夜夢見李白。為李白
的不幸而悲嘆，作了兩首《夢李白》。

在夢中，李白的音容笑貌，似幻似真，在知道李白已下
獄，並流放夜郎的情況下，連在夢裡，都不敢相信李白真的
來了。甚至，更擔心他是否已成亡魂。

睜開眼，月照屋梁，恍恍惚惚，月光中，仍映著李白尚
未消失的容顏……兩句詩，迷離中見深刻，更是感人。

冠蓋滿京華，斯人獨憔悴。

浮雲終日行，遊子久不至；三夜頻夢君，情親見君意。告歸常
局促，苦道來不易。江湖多風波，舟楫恐失墜。出門搔白首，
若負平生志。冠蓋滿京華，斯人獨憔悴。孰云網恢恢，將老身
反累。千秋萬歲名，寂寞身後事。

——唐・杜甫　夢李白其二

　　一個人，稟賦絕世的才華，到底是幸，還是不幸呢？
才華，可能帶給他成就與榮耀，造成眾星拱月的優勢。但，
這世界上，愛才、憐才的人，固然不少。嫉才、妒才的人，
似乎更多。盛名招謗，一如娥眉招諑，驚才絕艷的人，往往
無辜的受到污衊攻擊；這一切，豈是因為他本身不好？正相
反，是他的好，招致自慚形穢的人因嫉而恨。

　　看到京城中，來來往往，都是達官顯貴。而才氣縱橫，
文章錦繡的李白，卻獨自成為命運作弄下，坎坷失意的犧牲
者！杜甫滿心的不平，擔心李白的安危，卻又無能為力。這
兩首詩，至情至性，真摯感人。

梧桐更兼細雨，到黃昏、點點滴滴。

尋尋覓覓，冷冷清清，悽悽慘慘戚戚。乍暖還寒時候，最難將息。三杯兩盞淡酒，怎敵他、晚來風急。雁過也，正傷心，卻是舊時相識。

滿地黃花堆積，憔悴損，如今有誰堪摘？守著窗兒，獨自怎生得黑。梧桐更兼細雨，到黃昏，點點滴滴。這次第，怎一個愁字了得。

——宋·李清照　聲聲慢

　　在這闋詞一開始，李清照就以石破天驚的氣勢，連下了七組十四個疊字：尋尋覓覓，冷冷清清，悽悽慘慘戚戚。把一個失魂落魄，柔腸寸斷，因國破家亡，飽受離喪之苦的孀婦，悽愴悲苦的心情，寫得異常透徹。

　　欲藉酒澆愁，無奈酒淡，不敵風急。雁字橫秋，奈何已無人可傳書，只徒增傷心。

　　黃花滿地，卻都已殘敗，滿心相惜，卻無堪折之花。長日漫漫，難以煎熬，形隻影單，獨坐窗下，盼不到天黑。熬至黃昏，細雨飄灑，梧桐葉上秋聲聒耳，點點滴滴，如泣如訴。凡此種種，真不是一個「愁」字可以涵蓋。

暮雨相呼失，寒塘欲下遲。

幾行歸去盡，片影獨何之？暮雨相呼失，寒塘欲下遲。

渚雲低暗渡，關月冷遙隨。未必逢矰繳，孤飛自可疑。

——唐·崔塗　孤雁

　　離群失侶的雁，稱為孤雁。雁，是社會性極強，且對配偶極堅貞，一旦失偶，絕不再偶的鳥類。也因此，孤雁，就成為一種寂寞悽惶，孤絕艱貞的象徵了。詩人往往用以自喻，寫自己的失志，與高潔不偶的情操。

　　一行行結伴的雁都飛盡了，卻因沒有歸屬，孤雁只有孤伶伶的孤飛於天地間，在暮雨中悲切的呼喚著伴侶。

　　飛累了，看到一個冷冷清清的池塘，仍心有戒懼，帶著遲疑的緩緩飛下。前途漫漫，雲，低壓著渡口，只有冷月，遙遙相隨。雖然未必遭人獵殺，又豈敢不步步為營，處處小心？

　　一個無歸屬的人，在社會中，往往易受疑忌。詩人自比孤雁，也是一種自白吧？

一往情深深幾許？深山夕照深秋雨。

今古河山無定據，畫角聲中，牧馬頻來去。滿目荒涼誰可語？
西風吹老丹楓樹。
幽怨從前何處訴，鐵馬金戈，青塚黃昏路。一往情深深幾許？
深山夕照深秋雨。

——清・納蘭性德　蝶戀花

　　納蘭性德，是中國文學史上少見的文武兼資的詩人。他
十九歲就考上進士，又以家世及武藝為清聖祖康熙賞識，任
命為侍衛。康熙有意栽培他，付以政事，可惜他英年早逝，
三十一歲就去世了。有生之年，一直任武職官。

　　這一闋《蝶戀花》，是他奉旨出塞時作的。他見到塞外
歷史上爭戰不息，實際上，又沒有誰能真正佔有荒漠大地，
引發了很深的感慨。見到「青塚」時，對昭君毅然無悔，背
負天下蒼生安危的重任，出塞和親的這一份深情，更是感
佩。這不僅是兒女私情，更是為國家民族的大愛。

　　這深情像什麼呢？像疊疊無盡深山中的落照，也像淒淒
冷冷，深秋時的綿綿秋雨，無止無休。

冬之卷

殘星幾點雁橫塞，長笛一聲人倚樓。

雲物淒涼拂署流，漢家宮闕動高秋。殘星幾點雁橫塞，長笛一聲人倚樓。紫艷半開籬菊靜，紅衣落盡渚蓮愁。鱸魚正美不歸去，空戴南冠學楚囚。

> ——唐‧趙嘏　長安秋望

　　詩人羈宦長安，獨居客舍中，時逢秋日，格外思鄉。客居無聊，登樓閒眺，只見秋高氣爽，天清雲淡，心中混雜著對秋日的賞愛與愁思；有如後世辛棄疾「天涼好個秋」，和吳文英「離人心上愁」兩種迥異的情緒。

　　塞雁橫秋，天上殘星點點，無以自遣，唯有倚樓弄笛，那一聲清越笛音中，又包括了多少難遣的愁緒！

　　菊花，悄悄的開了，秋日，是他獨領風騷的季節。而烜赫一時的蓮花，卻紅衣愁褪，露冷蓮房。

　　能為鱸魚歸去的人，能有多少呢？只有學楚囚，著南人衣冠，以示不忘故鄉而已。

夜深風竹敲秋韻，萬葉千聲皆是恨。

別後不知君遠近，觸目淒涼多少悶。漸行漸遠漸無書，水闊魚沉何處問？

夜深風竹敲秋韻，萬葉千聲皆是恨。故欹單枕夢中尋，夢又不成燈又燼。

——宋·歐陽修　木蘭花

　　有情人能相聚，自然是最美好的事。萬一，迫不得已，要分別，總也希望他不斷有信回來，讓自己能知道，他在那裡，生活如何，是否無恙。

　　如果音信渺然，懸念與相思，就累積成了愁山恨海。眉上的愁緒，心中的苦悶，就再也解不開了。

　　人在那裡呢？山高水闊，音訊向誰去問？夜深了，風搖著叢竹，葉葉聲聲，彷彿都訴說著幽恨。秋聲盈耳，孤燈獨對，斜倚在不復成雙的枕頭上，希望能在夢中去追尋他的影蹤。奈何呵！好夢難成，只見油燈中的燈芯，愈燒愈短，終於，化成了灰燼……

相思休問定何如，情知春去後，管得落花無？

憶昔西池池上飲，年年多少歡娛。別來不寄一行書，尋常相見
了，猶道不如初。
安穩錦衾今夜夢，月明好渡江湖。相思休問定何如，情知春去
後，管得落花無？

——宋‧晁沖之　臨江仙

　　男女之間的感情，常是很微妙的，在一起的時候，愛得
蜜裡調油。一旦分別，可能連封問候的信都不寫；也許，總
「等」別人「先」寫吧？好容易再相見了，偏又要矜持著，
不肯承認自己的感情，也就算了，還要試探、刺激，說些對
方變了心之類的氣人話。

　　「相見爭如不見」，不見又爭奈相思呵！夢中，反而
比真實的面對面，更見真情些。無限的幽怨，也不知如何訴
說。相思，難道還得有一定的模式嗎？他，就像春天一樣，
來去無定準。既然去了，又何必管花落不落呢？

苦恨年年壓金線，為他人作嫁衣裳。

蓬門未識綺羅香，擬託良媒亦自傷。誰愛風流高格調？共憐時世儉梳妝。敢將十指誇鍼巧，不把雙眉鬥畫長。苦恨年年壓金線，為他人作嫁衣裳。

——唐·秦韜玉　貧女

生長在貧苦人家的女孩子，很早就學會了一手好女紅，靠著纖纖十指，自食其力了。

她不敢有什麼大願望，最大的願望，也不過是嫁個好丈夫。可是，家境的貧苦，又那有勇氣委託媒人作媒呢？只有無限自憐，從不知富貴人家，穿綢著錦，是什麼滋味。她十分自愛自重，勤勞節儉，十指更靈巧異常，針線活計，絕不輸人。也不像一般女子，愛慕虛榮。可是，這一切美德，又有誰欣賞呢？也只有孤芳自賞了。

一年又一年，就在用自己一雙手，描花繡朵，裁製嫁衣中渡過。而這些精美的嫁衣，卻都屬於別的待嫁女兒……詩人藉著這樣的貧女，寫出了自己懷才不遇的悲哀。

波瀾誓不起，妾心古井水。

梧桐相待老，鴛鴦會雙死。貞婦貴殉夫，舍生亦如此。波瀾誓
不起，妾心古井水。

——唐·孟郊　烈女操

在現在，講古人從一而終，殉夫守寡的苦節，似乎有些不可思議。也有人會不以為然的把它歸於「禮教吃人」。如果，是被迫的守寡、殉節，那的確是禮教吃人，是不合理，也不人道的。但，若是基於恩義、深情，心甘情願守著自己這一份執著的感情，那，毋寧是可敬的。不論如何，堅貞的愛情，還是人類崇高的情操。

烈女操，是琴曲，它歌頌著堅貞的烈女節婦；梧桐並植，相待而老，鴛鴦比翼，誓不獨活。對她們而言，這是自然，沒有勉強。節婦殉夫，也是同理。烈女以古井中的水，為自己一片貞心的比喻。古井不起波瀾，貞心又豈生異志呢？

一年好景君須記，最是橙黃橘綠時。

荷盡已無擎雨蓋，菊殘猶有傲霜枝。一年好景君須記，最是橙黃橘綠時。

——宋‧蘇軾　贈劉景文

　　蘇東坡曾說，一年中，最不可錯過的好時光，是春季的寒食，如秋季的重九。寒食，是春季的頂峰，春光明媚、百草千花。而重九，是秋季的頂峰，秋高氣爽，菊花盛放。氣候的宜人，也正是這兩個節令的共同優點。

　　秋，不是一下就走向冬的，還有個「十月小陽春」，是陽和之氣的迴光返照。這一段日子，水芙蓉雖殘，木芙蓉卻盛裝登場。菊花漸謝，霜葉猶紅，氣候，更如陽春三月般的溫和舒適。橙子已轉黃上市了，橘子，仍綠掛枝頭。接著就該到霜嚴雪虐的冬季了，也因此，蘇東坡才特別提醒朋友，要好好珍惜吧！

天寒翠袖薄，日暮倚修竹。

絕代有佳人，幽居在空谷。自云良家子，零落依草木。關中昔
喪亂，兄弟遭殺戮。官高何足論？不得收骨肉。世情惡衰歇，
萬事隨轉燭。夫婿輕薄兒，新人美如玉。合昏尚知時，鴛鴦不
獨宿；但見新人笑，那聞舊人哭。在山泉水清，出山泉水濁，
侍婢賣珠迴，牽蘿補茅屋。摘花不插髮，采柏動盈掬。天寒翠
袖薄，日暮倚修竹。

——唐·杜甫　佳人

　　人的心性中，常多多少少，摻雜著一些多變與殘忍的劣
根性。在男女之情，發生變化的時候，這種劣根性，特別容
易凸顯。在有「愛」的時候，諸般可愛可喜，在變心之後，
全成了可厭可憎。變化的，豈是對方呢？是他自己心變情
移，不復有憐愛之心而已。而愈是缺乏品德修養的人，一旦
變心，就格外冷酷無情，令人心寒。

　　以前的百般恩情，輕憐蜜愛，都被拋到了腦後。舊人的
淚水，打不動，也軟不了變得鐵硬的心。他滿心滿眼，只有
新人的如花笑靨，那裡還有容舊人立足的地方？

　　深谷幽居，貞潔自守，日暮天寒，獨倚修竹。單薄的衣
袖，堅貞的志節，想來多少也有詩人自白的意味吧？

兒童相見不相識，笑問客從何處來。

少小離家老大回，鄉音無改鬢毛衰。兒童相見不相識，笑問客從何處來。

——唐·賀知章　回鄉偶書

「學而優則仕」，是儒家的一貫理念；讀聖賢書，就是為了致用，為天下蒼生造福！也因此，一個讀書人，可能在中了舉人、進士，授官之後，就一直在宦海中浮沉。東徙西調，升遷貶謫，沒有再回家鄉的機會。

葉落歸根，是中國人固守的傳統。離鄉時，還是少年英發的小夥子，到重回故鄉時，已是雙鬢斑白的老人了。

他自覺鄉音未改，故鄉也景物依稀。卻見一群兒童，向他圍攏來，彷彿對這口音駁雜的陌生人，充滿好奇，含笑的問：

「客人從那兒來，找那一家呢？」

分明歸鄉，卻被視為遠客，怎不令人慨嘆感傷呢？

日長似歲閒方覺，事大如天醉亦休。

利欲驅人萬火牛，江湖浪跡一沙鷗；日長似歲閒方覺，事大如
天醉亦休。砧杵敲殘深巷月，梧桐搖落故園秋。欲舒老眼無高
處，安得元龍百尺樓。

——宋・陸游　秋思

　　一個工作忙碌的人，永遠不會了解「無聊」是怎麼回
事；他一天二十四小時，只愁不夠用，連睡覺時間，都是擠
出來的。工作中，分秒必爭，那有空去「無聊」？

　　閒，而且不會安排生活，無所事事的人，才感覺時間腳
步慢吞吞，一天像一年似的，老是過不完。

　　人生，也總有許許多多各種憂患的事，小如家庭中的煩
瑣之事，大如國家的興亡盛衰；而愈是大事，愈是空有扶危
匡正之心，卻有心無力。悲懷難解，只有借酒澆愁，在酩酊
大醉中，天大的事，也可以拋在醉夢之外了。

　　強作豁達語，陸游真能在閒中、醉中忘我嗎？

天公尚有妨農過，蠶怕雨寒苗怕火。

伏低伏弱，裝呆裝落，是非猶自來著莫。任從他，待如何？天
公尚有妨農過，蠶怕雨寒苗怕火，陰，也是錯，晴，也是錯。

——元‧陳草庵　山坡羊

　　「做人難」！幾乎是所有人的共同感慨，想要博個賢
名，真是不容易，所謂「順了姑情失嫂意」，總無法做得使
人人滿意；反而因希望面面俱到，以致處處吃力不討好，失
落了真正的「自我」。

　　陳草庵的這一首《山坡羊》，說得一針見血；不但人
難做，連天也難做！養蠶的人，最怕的就是陰雨。桑葉沾了
雨，加上天氣不好，蠶容易生病，妨害了絲的品質。好吧！
那天天天晴吧！不行！農夫又抱怨，天不下雨，田中的禾苗
乾枯，影響收成！不管是晴是雨，總逃不過「妨農」的罪
名，晴，也有錯，陰，也有錯。

　　天公尚如此難做，何況個人？還是誠誠懇懇做自己吧！

數峰清苦，商略黃昏雨。

燕雁無心，太湖西畔隨雲去。數峰清苦，商略黃昏雨。

第四橋邊，擬共天隨住。今何許，憑闌懷古，殘柳參差舞。

——宋・姜夔　點絳唇

　　當西風吹起後，對季候最敏感的鴻雁與燕子，就無心羈留的，隨雲而去了。

　　雲，沉沉的低壓著，幾座山峰，掩映在雲煙間。彷彿帶著愁容，商量著：黃昏時，是不是該下場雨呢……

　　把雲掩山峰的自然現象，解釋為「清苦」，是「山是眉峰聚」的引申；山與眉峰，既然是相互解釋的，眉能愁，山當然也能愁了。雲低欲雨，卻編排是山峰們商量出來的，這種擬人化的巧思，令人擊節。

貪與蕭郎眉語，不知舞錯伊州。

宮腰束素，只怕能輕舉，好築避風臺護取，莫遣驚鴻飛去。
一團香玉溫柔，笑顰俱有風流，貪與蕭郎眉語，不知舞錯伊
州。

——宋·劉克莊　清平樂

　　做任何事情，都必須「專心」，才能做得好。如果分心的話，即使是本來十分熟悉的事，也會因心不在焉而出錯。

　　一個舞技超群的舞姬，奉主人之命，在筵前獻舞。出得廳來，一眼看見她的心上人，也在座。他們不能夠彼此交談，只能靠眉言目語，傳達心中的情愫。她一邊跳著「伊州」的舞曲，一邊想著回覆心上人目光中傳來的無聲之言。連跳錯了，自己都沒有發覺。

澗戶寂無人，紛紛開且落。

木末芙蓉花，山中發紅萼。澗戶寂無人，紛紛開且落。

——唐・王維　辛夷塢

　　芙蓉，是秋天開放的花。「芙蓉如面柳如眉」，可知芙蓉嬌艷之一斑。都市裡，固然也是庭園中常見的花，深山中，也有野生的芙蓉，生長在山隈水涯。

　　野生在人跡罕見深山中的芙蓉，一樣逢秋而放，絕不會因無人欣賞，而稍減色。她不為供人欣賞而開，她為她的自然天性而開，一樣開得爛縵紅艷。也為自然天性而落，落得無悔無尤……

月殿影開聞曉漏，水精簾捲近秋河。

玉樓天半起笙歌，風送宮人笑語和。月殿影開聞曉漏，水
精簾捲近秋河。

──唐・馬逢　宮詞

　　深宮內苑，是最熱鬧的地方，也是最寂寞的地方。

　　承歡侍宴，受寵的妃嬪，在直矗青霄的高樓上，陪伴著
君王飲宴歌舞，沸天的笙歌，處處飄送。笙歌中，夾著妃嬪
宮女們的笑語，一片歡樂。

　　不知不覺，天都快亮了，月光斜照，聽到曉漏聲聲，一
夜，就在這樣的歡樂中流逝了。

　　捲起了水晶簾，耿耿星河，彷彿伸手可及，使人幾乎忘
卻了，這是在人間？還是在天上？

松月生夜涼，風泉滿清聽。

夕陽度西嶺，群壑倏已暝。松月生夜涼，風泉滿清聽。
樵人歸欲盡，煙鳥棲初定。之子期宿來，孤琴候蘿徑。

——唐·孟浩然　宿業師山房待丁大不至

　　失約，雖然有時也有情不得已，對等待的人而言，卻實
在是相當難熬的事。時間，變得那麼冗長難耐，真需要相當
的修養工夫，才能維持心平氣和。甚至，以欣賞的心情，來
遣發這份岑寂。

　　太陽下山了，山谷，一下就昏黑起來。月影，自松枝間
篩下，涼意，隨著夜色逐漸加深了。泉聲漱漱，和著風聲，
格外清冷，別有一番情味，在耳邊盈溢⋯⋯

　　月色，松影，風吟，泉漱，若非有閒情雅致，恐未必能
賞。在候人不至的情況下，能保持這一份寧謐的心境，修為
當真高人一籌。

窈窕淑女，君子好逑。

關關雎鳩，在河之洲，窈窕淑女，君子好逑。

參差荇菜，左右流之，窈窕淑女，寤寐求之。

求之不得，寤寐思服，悠哉悠哉，輾轉反側。

參差荇菜，左右采之，窈窕淑女，琴瑟友之。

參差荇菜，左右芼之，窈窕淑女，鐘鼓樂之。

——詩經·周南　關雎

「關雎」，是詩經開頭的第一首詩，也是最為人熟悉的一首。這一首寫的，是人類最本能也最重要的事：求偶與婚姻。

有許多「不求甚解」的讀詩人，憑著直覺，認為「窈窕」就是「苗條」，身材好，而「好逑」就是努力追求。事實上，窈窕，是善心與善色，也就是內外兼美。好逑，則是理想的對象。

從認定這位淑女是理想對象，「君子」也經歷了相當漫長艱辛的追求過程，品嚐了相思、失眠的痛苦，才以摯誠感動了淑女下嫁。列為詩經之首，也是昭示「人之大倫」的鄭重吧！

紅顏未老恩先斷，斜倚薰籠坐到明。

淚濕羅巾夢不成，夜深前殿按歌聲。紅顏未老恩先斷，斜倚薰籠坐到明。

——唐・白居易　後宮詞

「後宮佳麗三千人，三千寵愛在一身」，寫的是受寵者的嬌縱得意。而在她得意的同時，那後宮中失寵冷落的三千佳麗呢？

容顏美麗，都道是得天獨厚，卻也因此種下薄命根；一朝選入宮掖，不知情的人，只以為從此陪王伴駕，享不盡榮華富貴。自己又何嘗不嚮往心羨？豈知，稱艷於一方的容貌，在佳麗地的後宮中，不過是三千粉黛之一。慢說承恩受寵，連見皇帝一面都難。即便承恩一時，又有誰能要求皇帝專情不變？

一旦失寵，便斷絕了一切恩情。紅顏未老，也只能冷落在後宮中，挨著漫漫長夜。遙聽前殿歌舞聲喧，寂寞的落著淚，倚著薰籠，坐待天明。

人苦百年塗炭，鬼哭三邊鋒鏑，天道久應還。

萬里雲間戌，立馬劍門關。亂山極目無際，直北是長安。人苦百年塗炭，鬼哭三邊鋒鏑，天道久應還。手寫留屯奏，炯炯寸心丹。

對青燈，搔白髮，漏聲殘。老來勛業未就，妨卻一身閒。梅嶺綠陰青子，蒲澗清泉白石，怪我舊盟寒。烽火平安夜，歸夢到家山。

——宋·崔與之　水調歌頭

　　寧為太平犬，不作亂離人，兩句話，道盡了生當亂世的不幸。作為一個地方軍政首長，面對著流離中，百姓哀哭，戰場上，白骨錯落，又怎能無動於衷呢？

　　「天地不仁，以萬物為芻狗。」但，戰爭已持續了那麼久了，兵將死於戰場，百姓填於溝壑，死者已矣，生者的煎熬，仍自方興未艾。怎能不大聲疾呼，為百姓請命：「老天，你睜開眼看看！夠了吧！可以停止了吧！」

　　戰爭是殘酷的，為什麼人類，永遠不能自前人的教訓中學乖，而非得「不見棺材不掉淚」的頑強，製造紛爭呢？

悠悠歲月天涯醉，一分秋、一分憔悴。

梧桐雨細，漸滴作秋聲，被風驚碎，潤逼衣篝，綠裊蕙爐沉
水。悠悠歲月天涯醉，一分秋、一分憔悴。紫簫吹斷，素牋恨
切，夜寒鴻起。
又何苦、淒涼客裡？負草堂春綠，竹溪空翠。落葉西風，吹老
幾番塵世。從前諳盡江湖味，聽商歌，歸興千里。露侵宿酒，
疏簾淡月，照人無寐。

——宋·張輯　疏簾淡月

　　又是秋天！對一個久羈異鄉的人來說，秋天，真是最淒
涼的季節！除了逃入醉鄉，幾乎別無擺脫那鄉思離恨織成的
愁網的方式！

　　一年又一年如此的輪迴著，酒能傷人呵！愁，卻更不堪
負荷！因此，每一分秋意，都增添了人一分憔悴！

　　也自問「何苦」？可是，自己又何能選擇？就這樣，一
年年的蹉跎，辜負了故鄉的秋月春花！

寫不成書，只寄得、相思一點。

楚江空晚，恨萬里離群，怳然驚散。自顧影，卻下寒塘，正沙
淨草枯，水平天遠。寫不成書，只寄得、相思一點，料因循誤
了，殘氊擁雪，故人心眼。

誰憐旅愁荏苒，漫長門夜悄，錦箏彈怨。想伴侶，猶宿蘆花，
也曾念春前，去程應轉。暮雨相呼，怕蓦地，玉關重見。未羞
他、雙燕歸來，畫簾半捲。

——宋·張炎 解連環

冬之卷·313

　　鴻雁，之所以被古人視為使者，除了牠南來北往的候
鳥習性外，很重要的原因，是牠群棲，列隊飛行，或排成
「一」字，或排成「人」字，使古人產生牠識字，當然可以
傳書帶信的幻想。當然，就現代人看，這十分無稽，但，在
郵政不發達的古代，牠的確也給了人不少慰藉。

　　雁陣能傳書，那，失群的孤雁呢？能為人做些什麼？牠
自己都是那麼悽惶無助的了。

　　牠用牠的孤獨，牠的悽惶無助，把天下羈旅遊子，深閨
思婦的一點相思，寫在長空上。投入有情人的眼瞼，也烙上
離思者的心頭……

此心安處是吾鄉

常羨人間琢玉郎，天教分付點酥娘。自作清歌傳皓齒，風起，
雪飛炎海變清涼。
萬里歸來年愈少，微笑，笑時猶帶嶺梅香。試問嶺南應不好，
卻道，此心安處是吾鄉。

——宋・蘇軾 定風波

　　人對環境的適應力，其實是很強的。但，在惡劣的環
境中，若不能維持心中的寧靜平和，而抑鬱寡歡的話，便可
能撐不下去；不是環境逼死了他，而是因憂能傷人，內外夾
攻，豈能抵禦？若能心平氣和，何處不能生活？

　　蘇東坡的一個朋友，流放嶺南歸來。命隨他同往嶺南，
嬌柔而美麗的歌姬，出來勸酒。嶺南，在中原人看來，是蠻
荒瘴厲之地。蘇東坡憐惜的問這名叫柔奴的歌姬，在那麼不
好的地方，如何忍受。柔奴答了一句：「此心安處，便是吾
鄉！」蘇東坡又驚訝又佩服，便用了這句話，為她作了一闋
詞，以此勸慰失意的人。

蒹葭蒼蒼，白露爲霜；所謂伊人，在水一方。

蒹葭蒼蒼，白露為霜。所謂伊人，在水一方。

遡洄從之，道阻且長。遡游從之，宛在水中央。

蒹葭淒淒，白霜未晞。所謂伊人，在水之湄。

遡洄從之，道阻且躋。遡游從之，宛在水中坻。

蒹葭采采，白霜未已。所謂伊人，在水之涘。

遡洄從之，道阻且右。遡游從之，宛在水中沚。

——詩經・秦風　蒹葭

　　中國詩人，在傳統上，有以夫婦或男女之情，託喻君臣之義的手法，也因此，許多寫男女相思相憶的詩，就把後人困住了；到底這是真正的情詩，還是託喻呀？

　　「蒹葭」就是後人各執一詞的「情詩」。最省心的辦法，還是就情詩的本質來看。那，蒹葭是詩經中寫得最美的情詩之一了。

　　蒹葭，是還沒開花的蘆荻，在水邊，一大片一大片的生長。在白露為霜的秋天，更是茂盛。那位意中的「伊人」。可望而不可及，在水的那一方。詩人努力的逆流而上，順流而下的去追尋，到頭來，她還是可望而不可及……

　　伊人，解為一個夢，或一個理想，不也很恰當嗎？

輕雲弄，淡墨畫秋容。

天潤玉屏空，輕雲弄，淡墨畫秋容。正涼挂半蟾，酒醒窗下，
露催新雁，人在山中。又一片，好秋花占了，香換卻西風。簫
女夜歸，帳棲青鳳，鏡娥妝冷，釵墜金蟲。

西湖花深窈，閒庭砌曾占，席地歌鐘。載取斷雲歸去，幾處房
櫳。恨小簾燈暗，粟肌消瘦，薰爐煙滅，珠袖玲瓏。三十六宮
清夢，還與誰同。

——宋．翁元龍　風流子

　　秋天，不僅是最容易引發詩人靈感的季節，也是畫家最
喜歡「入畫」的季節。雖說「春秋佳日」，但對思致較深的
詩人、畫家來說，春日的繁花如錦，容易流於穠麗浮　，缺
乏深度。秋天則不然，秋山爽淨，秋雲澹泊，秋景，在蕭瑟
中見深沉。尤其用水墨畫來表現，淡淡的墨色，更渲染出濃
濃的秋意來。

　　三秋桂子，十里荷香，在西湖賞過秋日勝景之後，真是
再沒有任何地方的秋色能比。每逢秋日，尤其聞到桂花香的
時候，能不憶西湖？

功名眉上鎖，富貴眼前花。

念我行藏有命，煙水無涯，嗟去雁，羨歸鴉。半生人累影，一事鬢生華，東山客，西蜀道，且還家。

壺中日月，洞裡煙霞，春不老，景長嘉。功名眉上鎖，富貴眼前花。三杯酒，一覺睡，一甌茶。

——元·劉秉忠　三奠子

其實，生活是可以很簡單的。生命的延續，不過只需：飢時有食充飢，寒時有衣禦寒。

但，人的欲望無窮，並不以飢寒無虞為滿足。食、要珍饈，衣、求錦繡。有了錢，求有權有勢。投向了競逐，也投向了無止盡的傾軋鬥爭。

有了錢，怕人偷，怕人搶；有了權，怕人爭，怕人奪。未得勢，拚命鑽營。得了勢，又擔心失勢。就為了爭奪、防禦，人與人之間，沒有信賴，彼此戒懼，互相敵對，用盡了心力才智，終日不能放心安枕。「人生不滿百，而懷千歲憂」，及至大限一到，依然兩手空空，什麼也帶不去。回首榮華富貴，也不過是一場大夢，究竟所為何來？

停車坐愛楓林晚，霜葉紅於二月花。

遠上寒山石徑斜，白雲生處有人家；停車坐愛楓林晚，霜葉紅
於二月花。

——唐・杜牧　山行

　　如果，以顏色來描畫季節，秋天給人的聯想，大概是灰
暗枯槁的黃褐色。但，並不是所有的樹葉，都是轉為黯淡的
黃褐色，也有鮮明耀目的紅色；那是經霜後的楓林。樹葉由
綠，而金黃，橘紅，最後，是一片鮮紅，顏色鮮麗得可以比
美二月仲春枝頭上的紅花！

　　怪不得偶然經過山中的杜牧，看到這一片楓林，就停下
車來，捨不得走了。換了誰，能無動於衷呢？

玉顏不及寒鴉色，猶帶昭陽日影來。

奉帚平明金殿開，且將團扇共徘徊。玉顏不及寒鴉色，猶帶昭陽日影來。

——唐‧王昌齡　長信秋詞其二

班婕妤是漢成帝的後宮妃嬪，美慧能文，成帝相當寵愛。到後來，趙飛燕姊妹入宮專寵，班婕妤知道將受疑忌，自請到長信宮侍奉太后，以避鋒芒。無限哀怨，作《怨歌行》，以秋日見捐的團扇自喻。秋扇，便成了失寵的宮人或棄婦的一個專用詞。

能選入後宮，容顏之美，自不在話下。而黑色的寒鴉，卻是鳥類中最醜的。但，幽怨的宮人，卻自嘆比不上寒鴉。因為，對她而言，皇帝所居的昭陽宮，是可望而不可及的夢想。而寒鴉雖醜，卻可自昭陽宮皇帝那兒飛來。

病來身似瘦梧桐，覺道一枝一葉怕秋風。

水晶簾捲澂濃霧，夜靜涼生樹。病來身似瘦梧桐。覺道一枝一葉怕秋風。

銀潢何日銷兵氣，劍指寒星碎；遙憑南斗望京華，忘卻滿身清露在天涯。

——清·蔣春霖　虞美人

　　都說書生是「百無一用」，尤其在國家危難，心憂國事，卻又無能為力的時候。這一種感受，格外深刻，只有發為詞章，為歷史留下記錄與見證。

　　英法聯軍攻破北京，震動了朝野。蔣春霖，以一個流落江湖，坎坷失志的詞人，基於一腔愛國憂國的悲情，寫下了心中的愴痛。

　　他用秋日的梧桐作比喻，比喻了自己，也比喻了國家。秋天，梧桐落葉，是自然的現象。可是，若是秋風凌厲無情的吹，就更加快了葉落的速度。梧桐的一枝一葉怕秋風，國勢衰微的朝廷，又如何禁得起兵禍呢？

世翳已除眼纈，愁塵不上眉梢。

削竹閑裁菊枕，煮茶自洗椰瓢。一燈搖夢影蕭蕭，苕院更無人到。

世翳已除眼纈，愁塵不上眉梢。布衣來往秀江橋，休問五陵年少。

——清·文廷式　西江月

　　所謂「看山是山，看水是水」、「看山不是山，看水不是水」、「看山又是山，看水又是水」的三個人生階段，第一境是天真的清明，第二境是塵世的混淆，第三境則是反璞歸真。

　　兒童的無憂，是天真，老人的曠達，是智慧。

　　對世上許多光怪陸離的事，見多了，煙幕似的雲翳，便已不足遮蔽心目的清明。而閒愁胡恨，也不復抹上眉梢，庸人自擾。

雁聲遠過瀟湘去，十二樓中月自明。

冰簞銀床夢不成，碧天如水夜雲輕。雁聲遠過瀟湘去，十二樓中月自明。

——唐·溫庭筠　瑤瑟怨

長夜漫漫，對寂寞無眠的人，格外的難耐。

一方面是夜深人靜，另一方面，也由於孤寂，對於周遭的聲影，就異常敏銳。輾轉反側，簞冰衾孤，遠遠的聽到雁唳秋空，向瀟湘飛去。中天夜色正好，月明如水，照著高樓，愁思如織的思婦，對此一輪孤月，又如何安排自己的心呢？

「明月照高樓，流光正徘徊」，一曲瑤瑟，那訴得盡悲愁呢？

綢繆束薪，三星在天。今夕何夕？見此良人。

綢繆束薪，三星在天。今夕何夕？見此良人。子兮子兮，如此
良人何？

綢繆束芻，三星在隅。今夕何夕？見此邂逅，子兮子兮，如此
邂逅何？

綢繆束楚，三星在戶。今夕何夕？見此粲者，子兮子兮，如此
粲者何？

——詩經·唐風　綢繆

「綢繆」是一首詠新婚的詩，詩人用綑紮成束的薪柴，
來比喻夫婦一體的密切關係。以天上的群星燦爛，烘托出新
婚歡悅熱鬧的氣氛。

接下去，是「鬧洞房」了，以「今夕何夕，見此良人」
調侃新娘，描繪那種又羞又喜，恍如作夢一般，幾乎無法確
定這是一個怎樣的日子，而與這樣一位良人，結為佳偶的幽
微而複雜的心情。可稱是謔而不虐，為新婚場面，增添了無
限喜悅與溫馨。

銀箏夜久殷勤弄，心怯空房不忍歸。

桂魄初生秋露微，輕羅已薄未更衣。銀箏夜久殷勤弄，心怯空房不忍歸。

——唐·王涯　秋夜曲

秋意已深了，羅衣的單薄，已不勝秋露寒涼。她卻既沒有添衣，也不肯回到房中去。

一張銀箏橫在面前，她左手按絃，右手撥弄，奏完了一曲，又奏一曲，直到深夜，仍不肯歇手，彷彿是興致高昂。

真的是興致高昂嗎？不！誰了解她心中的闌珊呵！她只是不想回房去，不忍面對那一張空床……

二十四橋仍在，波心蕩、冷月無聲。

淮左名都，竹西佳處，解鞍少駐初程。過春風十里，盡薺麥青青。自胡馬窺江去後，廢池喬木，猶厭言兵。漸黃昏，清角吹寒，都在空城。

杜郎俊賞，算而今、重到須驚。縱豆蔻詞工，青樓夢好，難賦深情。二十四橋仍在，波心蕩，冷月無聲。念橋邊紅藥，年年知為誰生。

——宋‧姜夔　揚州慢

　　揚州，是中國城市中以繁榮富庶聞名的地方。華燈初上時，真是笙歌沸天，管絃匝地，是第一等富貴溫柔鄉。所以古人才以「腰纏十萬貫，騎鶴下揚州」為人間至樂。

　　但姜夔到揚州時，揚州已在金兵蹂躪下，成了一座死城，那還有半點繁華氣象？荒廢的池沼，劫餘的喬木，彷彿都心有餘悸的沉默了。

　　當年被杜牧稱賞，寫下「二十四橋明月夜，玉人何處教吹簫」的二十四橋，倒仍還在。橋下的波光，搖蕩著寒月，月影無聲。這一番淒冷，恐怕杜牧作夢也想不到吧？

不知何處吹蘆管，一夜征人盡望鄉。

回樂峰前沙似雪，受降城外月如霜。不知何處吹蘆管，一
夜征人盡望鄉。

——唐・李益　夜上受降城聞笛

　　戍守邊城，歲月是漫長而寂寞的。軍令森嚴，不允許流
露人性脆弱的感情面。總要求壯志凌雲，士氣振奮，但征夫
心中，思土懷鄉，想念父母、妻兒的痛苦，又如何是軍令能
管束的呢？

　　受降城，在黃河之北，遙望回樂峰，為了防範突厥，駐
有重兵。在城上眺望，回樂峰前的沙漠，一片雪白，月色照
在城外，幽咽的調子，那樣的打動了征人脆弱的心。他們不
能說什麼，只不約而同的，都把目光投向了家鄉的方向……

素手抽鍼冷，那堪把剪刀。

明朝驛使發，一夜絮征袍。素手抽鍼冷，那堪把剪刀。裁縫寄遠道，幾日到臨洮？

——唐·李白　子夜冬歌

　　冬天到的時候，氣溫下降，人的行動，也僵硬而不靈便了。身上，還可以穿厚暖的衣服禦寒。經常因工作需要，裸露的雙手，往往凍得冰冷又僵痛。尤其手指，也失去了往常的靈巧。

　　丈夫在邊關戍守，邊關，比長安更冷得多。聽說明天有驛使出發到邊關去，可以寄寒衣給兵士們禦寒。家中的妻子，忙著連夜趕製一件棉衣寄去。天氣太冷，僵硬的手指，抽鍼都感到困難，更何況執剪刀裁剪？那手中握的，簡直是冰塊一般的寒澈心腑呵！

　　冷的，豈僅是手？心中更淒寒孤另。衣服，不用多久就送到了。他，幾時回來？

欲寄君衣君不還，不寄君衣君又寒。

欲寄君衣君不還，不寄君衣君又寒。寄與不寄間，妾身千萬難。

——元・姚燧　憑闌人

　　縫好了寒衣，到底要不要寄給那遠行在外的夫君呢？要寄嘛，怕他有了寒衣，穿得暖了，再沒有什麼顧忌與需要了，就放心的繼續流連在外，不肯回家來。不寄嘛，這樣天寒地凍的，隻身在外，又有誰能顧念他，做寒衣給他穿？豈不凍煞了他？

　　唉！寄，也不是，不寄，也不是，該怎麼辦？千迴百轉，躊躇難定，真令人為難哪！

　　有些版本，「君衣」作「征衣」，實際上，遠戍之人，歸與不歸，身不由己，家人應不至恐他不還而為難。只是以此寫思婦的幽怨而已，也表現出反戰的情緒。

一行書信千行淚，寒到君邊衣到無？

夫戍邊關妾在吳，西風吹妾妾憂夫。一行書信千行淚，寒到君
邊衣到無？

——唐·陳玉蘭　寄夫

　　中國的南方和北方由於緯度不同，氣溫的差距也相當
大。「胡天八月即飛雪」，而江南，才稍有涼意，若在台
灣，還熱得很呢！

　　邊關，自是苦寒之地，居住南方的妻子，無法想像邊關
的情況。只知道是冷的，早早的就做好了寒衣寄去。

　　到了西風吹起，不禁憂慮；南方已有涼意了，北方該寒
冷了吧？天冷了，寒衣到了沒有呢？

　　忍不住要寫信去問，才寫了一行，想到丈夫遠別的相思
之苦。又擔心寒衣若不能及時到達，丈夫會無衣禦寒，淚，
就再也忍不住了……

一室秋燈，一庭秋雨，更一聲秋雁。

掃西風門徑，黃葉凋零，白雲蕭散。柳換枯陰，賦歸來何晚？
爽氣霏霏，翠娥眉嫵，聊慰登臨眼。故國如塵，故人如夢，登
高還嬾。

數點寒英，為誰零落，楚魄難招，暮寒堪攬。步屜荒籬，誰念
幽芳遠。一室秋燈，一庭秋雨，更一聲秋雁。試引芳樽，不知
消得，幾多依黯。

——宋・王沂孫　醉蓬萊

　　文章修辭，能描繪美景，形容情態，醞釀氣氛。尤其，
當在詞句中，刻意的反覆使用同一字，同一詞，同一句法
時，除了營造出文字的美感，也更傳達了想特別加強的訊
息。

　　像王沂孫在《醉蓬萊》詞中的這幾句，反覆使用「一」
字，與「秋」，便給予人孤寂、淒清、蕭瑟的深刻感受；秋
燈清照，秋雨蕭瑟，秋雁寂寥。人，伴秋燈，望秋雨，聞秋
雁，真是情何以堪！

雁盡書難寄，愁多夢不成。

雁盡書難寄，愁多夢不成。願隨孤月影，流照伏波城。

——唐・沈如筠　閨怨

　　兩地相思，只有靠雁字傳達信息。當雁陣過盡，書信，又能靠誰傳遞呢？

　　也許，在夢中追尋吧？怎奈，太重的愁思，使人輾轉反側，也難以入眠。

　　這一種悲怨，幾千年來，在中國土地上，不曾消失過。一代，又一代，一朝，又一朝，永遠有征夫，有思婦，有寄不出的信，圓不了的夢。

　　歷史，永遠在輪迴重演，是人類太愚笨，還是……

十年生死兩茫茫，不思量，自難忘。

十年生死兩茫茫，不思量，自難忘。千里孤墳，無處話淒涼。
縱使相逢應不識，塵滿面，鬢如霜。
夜來幽夢忽還鄉，小軒窗，正梳妝。相顧無言，惟有淚千行，
料得年年腸斷處，明月夜，短松岡。

——宋・蘇軾　江城子

　　有一種感情，是非常深摯，卻又非常平淡的。不需刻意
去說相思相憶，卻就是「存在」心底；幾乎，這一份情，已
成為自己的一部分了。不濃不烈，雖淡而深。

　　對蘇東坡而言，他的亡妻，就是這樣「存在」的。她去
世十年了，歸葬家鄉。他卻遊宦在外，遙隔千里，但，他知
道，她「存在」。

　　一夜，夢見了她，在故鄉舊宅中，和生前一樣梳妝。
一隔十年哪，他風塵滿面，鬢生華髮，他怕，她會不認識他
了。她認識的！兩人無言相望，淚，代他們訴說了別後的一
切。

　　他永遠不會忘記她的：松岡明月下，埋著他的愛……

見說長安如弈，不忍問君蹤跡。

留不得，腸斷故宮秋色。瑤殿瓊樓波影直，夕陽人獨立。

見說長安如弈，不忍問君蹤跡。水驛山郵都未識，夢回何處
覓。

——清‧鄭文焯　謁金門其二

　　人生，像一盤棋，爭戰，更像一盤棋。事實上，棋局
也就是世局，被少數的手操縱。卻驅策著無數的人廝殺、死
傷、流離……

　　當棋子爭逐廝殺的重點，移向京師的時候，國家便面臨
了危急存亡之秋。

　　鄭文焯的《謁金門》三闋，寫在庚子年，八國聯軍攻
陷北京，光緒母子蒙塵出奔的時候。以孤臣孽子之心，寫下
「不忍問君蹤跡」的句子。那一份沉痛哀傷，忠愛纏綿，力
透紙背，怪不得成為傳誦海內的名作。

共眠一舸聽秋雨，小簟輕衾各自寒。

思往事，渡江干，青蛾低映越山看。共眠一舸聽秋雨，小簟輕
衾各自寒。

—清・朱彝尊　桂殿秋

　　江南，是水鄉澤國，池塘，湖泊、大小河流縱橫交錯。
水上行舟，是重要的交通工具。

　　在渡江時，岸邊的山，倒映在水中，使詩人想到了鏡中
伊人的蛾眉。蛾眉如青山，青山似蛾眉，而伊人已杳……

　　昔日，青山映水，蛾眉在側。共倚艙中，諦聽著船蓬上
的淅瀝秋雨，只覺得好美好美。

　　如今……只剩下一領竹簟，一床薄衾。衾寒簟冷，更那
堪秋雨助愁啊！

潮落夜江斜月裡，兩三星火是瓜州。

金陵津渡小山樓，一宿行人自可愁，潮落夜江斜月裡，兩三星
火是瓜州。

——唐・張祜　題金陵渡

　　在金陵渡旁，有一座樓，座落在渡口邊的小山上，供渡
江的旅客打尖歇腳或住宿。

　　在小山樓上住宿，耳聽著江聲，怎不令旅客也心潮起
伏，愁思輾轉呢？遊子，最怕的是孤寂，旅途中的遊子，又
那有不孤寂的？

　　夜深了，江聲因潮水退落而低緩了。斜月，冷冷地掛在
天際。遠處，有幾點星光閃爍……不，不是星光，是對岸瓜
州人家的燈火吧？

剪不斷，理還亂，是離愁。別是一般滋味在心頭。

無言獨上西樓，月如鉤。寂寞梧桐深院鎖清秋。

剪不斷，理還亂，是離愁，別是一般滋味在心頭。

——五代·李煜　相見歡

　　《相見歡》，又名《烏夜啼》，就這闋詞而言，也許叫「烏夜啼」更合適些。

　　這也是南唐亡國後，李煜入宋，改變詞風後的作品。獨立樓頭，望著如鉤的新月，周遭悄然。門庭冷落，只有一樹梧桐，在秋風中嘆息。

　　那麼多，那麼沉重的寂寞壓在他心上，心中的愁緒，如無頭亂絲一般糾結難解，亂絲，無法整理，但可以剪斷，可以拋棄。這份難言滋味的離愁，卻無法自心頭剪除，更無法理出頭緒，只有獨自默默的品嚐著……

碧雲猶作山頭恨，一片西飛一片東

樓宇沉沉翠幾重，轆轤亭下落梧桐；川光帶晚虹垂雨，樹影涵秋鵲喚風。

人不見，思何窮，斷腸今古夕陽中。碧雲猶作山頭恨，一片西飛一片東。

——金·劉仲尹　鷓鴣天

　　大自然的四季推移，風物變化，其實是「無意識」的，並沒什麼「有所為而為」。只是落在人眼中，人就憑自己的悲喜，為自然事物添上了感情的色彩。同樣的景物，在不同人眼中，感受固然不同。在同一人，不同心境下，也必然迥異。

　　由於人分隔兩地，相思難遣，看見出岫分飛的雲，也想到他們心中幽恨，一片向西，一片向東，而把一腔怨氣，歸罪山頭作梗。這也是移情作用作祟了。

恨君不似江樓月

恨君不似江樓月，南北東西，南北東西，只有相隨無別離。

恨君卻似江樓月，暫滿還虧，暫滿還虧，待得團圓是幾時？

——宋‧呂本中　采桑子

　　月亮，有兩個特性；它高懸於天，只要是有月而無雲的晚上，一抬頭，就能看得見，有如最忠實的伴侶。而且，可以越過空間阻隔，「千里共嬋娟」。它由虧而盈，盈而復虧，輪迴不已；好容易才盼到圓，轉眼又缺了。

　　在詩人看來，它可愛在此，可恨亦在此；想起遠別的人，以月來相比，一時恨君不如月；月相隨，人不相隨。一時又恨君如月；如月常缺，如月不常圓；竟是把月的缺點學盡，優點卻沒學得半分，真教人如何不「恨」！

你儂我儂，忒煞情多。

你儂我儂，忒煞情多，情多處，熱如火。把一塊泥，捻一個
你，塑一個我。將咱兩個，一齊打破，用水調和。再捻一個
你，再塑一個我。我泥中有你，你泥中有我。我與你，生同一
個衾，死同一個槨。

——元・管道昇　我儂詞

　　《我儂詞》，是元代大畫家趙孟頫之妻，管道昇所作
的。緣起是：少年恩愛夫妻，過了中年，趙孟頫起了異心，
想納妾。管夫人便答了他這首詞，喚起他的「良知」，記起
以往的恩情，打消念頭。
　　她一開頭，就寫出夫妻二人的恩愛情濃，熱情如火。
又以泥塑的你我，打破了，重新和成泥再塑，寫夫婦結合後
「我泥中有你，你泥中有我」，合為一體的不可分割。這一
比喻，真是深切奇巧，一番深情摯意，終於感動了負心人。
詞，有兩種版本。在此採習見的，也就是李抱忱先生改寫成
「你儂我儂」歌曲的那一種。

賢的是他，愚的是我，爭甚麼？

南畝耕，東山臥，世態人情經歷多。閒將往事思量過，賢的是他，愚的是我，爭甚麼？

——元·關漢卿　四塊玉

　　世界上，紛爭很多。大至國與國，小至人與人，都免不了紛爭。終年累月，擾嚷不休。有些事，牽涉到國家民族的絕續存亡，或大是大非，或個人的人格原則，不能不爭。有些，卻只是見仁見智，甚至雞毛蒜皮，也要做無謂的紛爭，就近乎無聊了。

　　在不值得爭個人事務上，彼此尊重，各行其是，不失為和平相處之道。對看盡人間世相，也看透榮辱得失的老人，另有一種透澈與淡然，來避免無謂紛擾：自認愚笨不如人，有什麼好爭呢？這一種消極退讓，避免無謂紛爭，卻也是另一番修養與智慧了。

援琴鳴絃發清商，短歌微吟不能長。

秋風蕭瑟天氣涼，草木搖落露為霜。群燕辭歸雁南翔，念君客遊思斷腸。慊慊思歸戀故鄉，君何淹留寄他方；賤妾煢煢守空房，憂來思君不敢忘。不覺淚下霑衣裳。援琴鳴絃發清商，短歌微吟不能長。明月皓皓照我床，星漢西流夜未央。牽牛織女遙相望，爾獨何辜限河梁？

——三國・曹丕　燕歌行

　　曹丕，是曹操之子，曹植之兄。由於兄弟爭位，他即位後，對曹植因疑忌而「迫害」，使後人基於同情弱者，而把他貶成反面人物。甚至連帶忽略了他的文學成就，事實上，在「建安」文風中，他也舉足輕重！

　　《燕歌行》，是文學史上最早的，形式完整的七言詩。主題是：良人出征於燕，閨中思婦之情。

　　在秋天，群雁南翔的時候，閨人中對行役在外的夫君，更格外的思念。也想藉著彈琴，來遣發心中的愁緒，彈出的曲調，也是那麼幽怨。微吟著詩歌，也總被心中壓抑的低嘆阻斷，無法接續下去⋯⋯

羌管悠悠霜滿地，人不寐，將軍白髮征夫淚。

塞下秋來風景異，衡陽雁去無留意。四面邊聲連角起。千嶂裡，長煙落日孤城閉。

濁酒一杯家萬里，燕然未勒歸無計。羌管悠悠霜滿地。人不寐，將軍白髮征夫淚。

——宋·范仲淹　漁家傲

范仲淹在北宋，可說既是名臣，又是名將。威震西夏，西夏人稱之為「小范老子」，敬如神明。有他守邊，西夏人便不敢入侵。

但，長年戍守邊關，不管是元帥也好，兵卒也好，總是艱苦的；生活的艱苦好忍，思家、思鄉之苦，卻是日復一日的噬嚙著征夫的心。

能怎麼辦呢？保家衛國的重責大任在肩！

雁向南飛了，夜深時，清霜滿地，胡人吹的胡笳，嗚咽悲淒，更勾起思鄉之情。又有誰知白頭將軍的心情，誰見征夫的思鄉淚呢？

豈伊地氣暖，自有歲寒心。

江南有丹橘，經冬猶綠林；豈伊地氣暖，自有歲寒心。可以薦嘉客，奈何阻重深？運命惟所遇，循環不可尋。徒言樹桃李，此木豈無陰？

——唐・張九齡　感遇其四

　　世上有一些人「好」，有一些人「不好」。但，有許多人好的原因，也許只是幸運，有一個扶植他好的環境，沒有受過惡劣環境的影響與考驗。這樣的好，何足自傲？像桃李，花枝爛縵，因為春日陽和。一到冬日，就只剩枯枝了；春日的繁盛是正理，不足驕傲。冬日的青蔥，才有如在惡劣環境中掙扎自愛，不同流合污的人，那才是經過考驗的「好」。

　　詩人以江南的丹橘自喻，在冬日，仍然青蔥繁盛。並不是由於環境的良好，而是因為他有一顆堅貞耐寒，不向環境屈服的心！

畫圖省識春風面，環佩空歸月夜魂。

群山萬壑赴荊門，生長明妃尚有村；一去紫臺連朔漠，獨留青
塚向黃昏。畫圖省識春風面，環佩空歸月夜魂。千載琵琶作胡
語，分明怨恨曲中論。

——唐・杜甫　詠懷古跡其三

　　許多故事，本來情節簡單。經過口耳相傳，再加上文
人附會，距離本來面貌愈來愈遠，情節也愈來愈離奇複雜。
王昭君的故事，就是一個典型的例子。本來，王昭君的和
親，已是在漢朝國力轉強，匈奴王以謙恭的態度，求為漢家
女婿。王昭君自忖，與其埋沒後宮，不如遠嫁，敦睦兩國邦
交。毅然請行，是十分壯烈的舉動。換來的是漢胡六十年太
平歲月，根本沒有什麼誤於畫工委屈幽怨。

　　但，詩人根據傳說作詩，也無可厚非。杜甫是責備皇
帝，只靠著畫像，去認識昭君；昭君的美，是根本畫不出來
的。以致昭君含恨，歿於胡邊。只有芳魂一縷，不忘漢宮。
在深夜，乘月歸來，人事已非，又何以依歸？

玲瓏骰子安紅豆，入骨相思知不知？

井底點燈深燭伊，共郎長行莫圍棊。玲瓏骰子安紅豆，入骨相思知不知？

——唐·溫庭筠　南歌子詞

　　「紅豆生南國，春來發幾枝，勸君多採擷，此物最相思！」紅豆，又稱相思豆，是大家都知道的。

　　中國的賭具中，最方便隨身攜帶的，是骰子。骰子，是牛骨磨成的立體正方形。有六面，各鑿一至六點，一與四點是紅色，其餘是黑色。

　　詩人以骰子是骨製品，相思豆是紅色，設想，骰子的紅點，是相思豆嵌在骨中製成的，用以譬喻「入骨相思」之情，真是巧思！這樣樸實近於俚俗白描的詩，也與《竹枝》詞一樣，民歌的風味很重，這正是這類詩的特色。

雜劇打了，戲衫脫與獃底。

老來可喜，是歷遍人間，諳知物外。看透虛空，將愁山恨海，一時接碎，免被花迷，不為酒困，到處惺惺地。飽來覓睡，睡起逢場作戲。

休說古往今來，乃翁心裡，沒許多般事。也不蘄仙、不佞佛、不學栖栖孔子。懶共賢爭，從教他笑，如此只如此。雜劇打了，戲衫脫與獃底。

——宋·朱敦儒　念奴嬌

　　天生質賦聰穎，反應敏捷，過目不忘的「神童」，可以稱為「聰明」，卻不是「智慧」。智慧，必須經過自我的歷練，逐漸修養，方能達到這一境界。他返璞歸真，洞悉世情，淡泊灑脫，卻又心存悲憫。以一種素人的姿態，既入世，又出世的生活於世，卻再也不受俗塵沾染。

　　他了解「人生如戲，戲如人生」的真諦，走出了人生的迷宮。他自人生舞台上退隱，脫下如今才了悟了所演的角色的戲服，他，鞠躬下臺了。他知道，這戲還是要演下去的；總有仍迷戀舞臺，和他年輕時代，一樣執迷而癡愚的人，等著穿戲衫上臺……

君乘車，我戴笠，他日相逢下車揖。

君乘車，我戴笠，他日相逢下車揖；君擔簦，我跨馬，他日相
逢為君下。

—戰國‧越人　越謠歌

　　愈是少年時代的朋友，交誼愈是真誠。但，幼時的同
伴；彼此年齡相近，環境相當，同學、同遊、同憩的兩個
人，在經過相當時日的各自發展後，可能因各人際遇的不
同，造成天差地別的距離。有的，功成名就了，有的身份低
微；這一情況，在「同學會」的聚會中，最易感受。

　　地位身份不同了，情誼呢？是因勢利炎涼而改，還是依
然不變？這就看個人的修養和性情了。

　　越國風俗，兩人至誠相交，要鄭重其事的封壇祭禱。任
何一方富貴了，不管對方是否貧賤，都要相待以禮，不以富
貴忘故交。

柴門聞犬吠，風雪夜歸人。

日暮蒼山遠，天寒白屋貧。柴門聞犬吠，風雪夜歸人。

——唐・劉長卿　逢雪宿芙蓉山

　　山遠、日暮、夜雪、家貧，是何等淒寒的組合！幾乎只憑著文字，就使人感覺置身其中的淒涼萬狀了。更不知還有什麼，能為這份淒寒，增添一些暖意。

　　不是過客，是歸人！家中遠行的主人，連夜冒著風雪回來了！淒寒？不！這破陋的小屋中，只有親情濃郁，和無限溫馨！

浮雲遊子意，落日故人情。

青山橫北郭，白水繞東城。此地一為別，孤蓬萬里征。

浮雲遊子意，落日故人情，揮手自茲去，蕭蕭班馬鳴。

——唐・李白　送友人

　　人生飄泊，常是身不由己的。尤其，離鄉背井的遊子，更如天上的浮雲，水中的浮萍，隨風吹，隨水流，無法掌握未來。

　　送行的人，被送的人，心中都了然；這一別，就不知何日再見。紅日西沉，綰繫不住。同樣，故人遠別，也是綰繫不住的必然。

　　各自灑脫的揮揮手，不願太流露依依情態。只有馬兒，在落日影中長嘶悲鳴，訴說著離群的悲切。

談笑有鴻儒，往來無白丁。

山不在高，有仙則名，水不在深，有龍則靈，斯是陋室，惟吾德馨。苔痕上階綠，草色入簾青，談笑有鴻儒，往來無白丁。可以調素琴，閱金經。無絲竹之亂耳，無案牘之勞形。南陽諸葛廬，西蜀子雲亭，孔子云：「何陋之有？」

——唐·劉禹錫　陋室銘

　　現代人所講究的品味，往往陷入了商業包裝的陷阱，以精心的設計，來裝飾出所謂的「品味」。要雅致？要粗獷？要講情調？要顯性格？自有專家設計，卻忽略了最重要的一點：品味，是來自內涵。包裝得再好，沒有內涵，依然是繡花枕頭。

　　劉禹錫為品味作了另一番註解，他，只有一座稱為陋室的小屋，裝飾小屋的是屋前的苔痕與草色。他在屋內，可以安靜的讀經，悠閒的彈琴。而他最得意的是，進屋來的客人，都既博學又高尚的鴻儒。大家在一起所談的，顯然絕非白丁俗客的言不及義可比。當然，這其中也隱然自負：自己，是夠資格與鴻儒高士平起平坐的！

　　什麼叫品味？這才是！

新知遭薄俗，舊好隔良緣。

淒涼寶劍篇，羈泊欲窮年。黃葉仍風雨，青樓自管絃。
新知遭薄俗，舊好隔良緣。心斷新豐酒，銷愁斗幾千。

——唐·李商隱　風雨

　　人生在世，不免有許多的失意坎坷。懷才不遇，有志難伸，固然是一種痛苦。但如果還有朋友了解、關懷、安慰，多少也能消減一些痛苦的程度。至少，你知道，你不是孤單的，還有朋友，願意把他的肩膀給你倚靠、歇息。直到你能自消沉中振作；為了他，你必項以振作回報。

　　可是，如果連朋友都沒有呢？新結交的人，在世俗功利中，那麼難肝膽相照。而舊日的知己好友，又各自星散，相隔得那麼遠。這一種孤絕的寂寞，才是人生最難承受的不幸呀！

雲心自在山山去，何處靈山不是歸。

雲心自在山山去，何處靈山不是歸？日暮寒林投古寺，雪花飛滿水田衣。

——唐，熊孺登　送僧

　　「執著」，可以是美德，也可能是缺點。在工作上，執著，是成功的要素。在思想上，就可能造成蔽塞頑冥，不能多方面的接受意見，失去清明客觀。

　　這也是佛家要去執的原因吧？固執，使人拘泥僵化，無法給自己海闊天空的思想空間。

　　天上的雲，是不「執」的。它自由自在的隨風飄飛，那兒的山，都可以棲息遨遊。

　　僧人，也該像雲一樣，不須固執認定靈山何在；事實上，何處不靈山？只要一心無礙，隨便向那兒走，都是歸向靈山呀！

置書懷袖中，三歲字不滅。

孟冬寒氣至，北風何慘慄。愁多知夜長，仰觀眾星列。三五明
月滿，四五蟾兔缺。客從遠方來，遺我一書札。上言長相思，
下言久別離。置書懷袖中，三歲字不滅。一心抱區區，懼君不
識察。

——漢・無名氏　古詩十九首之十七

　　別離，是無奈。長久的別離，不僅無奈，更是痛苦了。
古代，交通的不便，更造成音訊的阻隔。「家書抵萬金」並
不僅在戰亂的時代。

　　好容易，盼到一封信：一刻也捨不得分開，貼身藏著，
其珍惜，其慎密，其情親！書中，已言「久別離」，在懷袖
中，又是「三歲」。別後，這就是她擁有的「唯一」了！三
歲，書中字不滅，書中的長相思，支撐著她等下去。守著這
珍藏的信，也守著自己一片真心。等下去，只怕，那人不知
道……

林表明霽色，城中增暮寒。

終南陰嶺秀，積雪浮雲端。林表明霽色，城中增暮寒。

——唐·祖詠　終南望餘雪

　　雪晴了，皚皚的白雪，覆蓋著山巔。陽光，照著森林，景色格外明朗秀麗。可是，並不是所有的人，都能有這樣閒雅暇豫的心情，欣賞美景；雪後天晴的融雪之際，氣溫格外的低。對衣食豐足的富家，儘可披著皮裘賞雪後山林之美，讚嘆那粉妝玉琢的造化神工。清寒人家，卻憂心著日暮之後，氣溫會更低，不知如何禁受那一份惻惻淒寒⋯⋯

　　據記載，這首詩是應試的試題。或許，也因此「意在言外」的有所寄託吧？

來如春夢不多時，去似朝雲無覓處。

花非花，霧非霧，夜半來，天明去。來如春夢不多時，去似朝
雲無覓處。

——唐・白居易　花非花

　　這一首《花非花》，在白居易作品中，列入「傷感歌行曲引雜體」，風格上，略類似於「詞」中的小令。經由黃自先生譜曲後，更是膾炙人口。

　　到底這非花、非霧、如夢、似雲的神秘謎題，指的是什麼呢？似乎也沒有準確的答案。因此更迷離惝恍，耐人尋味。

　　也許，「環佩空歸月夜魂」？

人生到處知何似？恰似飛鴻踏雪泥。

人生到處知何似？恰似飛鴻踏雪泥。泥上偶然留指爪，鴻飛那復計東西。老僧已死成新塔，壞壁無由見舊題。往日崎嶇還記否？路長人困蹇驢嘶。

──宋‧蘇軾　和子由澠池懷舊

　　蘇軾和弟弟曾寄宿澠池寺中，與老僧奉閑結交，並題詩於壁。事隔多時，人事全非。奉閑已死，子由作了澠池懷舊詩，蘇東坡也以詩相和。

　　人生飄泊不定，東停停，西歇歇，像什麼呢？就像一隻飛鴻，偶然落足於雪泥上。在雪泥上，留下了幾枚爪痕後，鴻飛冥冥，又有誰理會牠飛向何處呢？就像當年，他們在奉閑的僧舍中題詩，如今，奉閑已物化，寄骨於靈塔。僧寺已殘敗，又往何處重尋昔日題壁詩？昔日騎蹇驢到澠池的往事，也只能留存記憶中了。

傷心秦漢經行處，宮闕萬間都做了土。

峰巒如聚，波濤如怒，山河表裡潼關路。望西都，意躊躇，傷心秦漢經行處，宮闕萬間都做了土。興，百姓苦，亡，百姓苦！

——元·張養浩　山坡羊

天下，真如歷史家所云：合久必分，分久必合。分合之際，少不了戰亂。在戰亂中，各方英雄豪傑，雄心萬丈的逐鹿中原，看最後，是誰家得了天下。

亡的，氣數已盡，大多也是咎由自取。興的，又趾高氣揚的，以為自己能為兒孫奠萬世之基……

經過潼關，想到這兒在秦、漢之際，是表裡山河的兵家必爭處，扼守護衛著京城。秦、漢盛世，由此逶邐至京，多少宮殿樓閣。如今呢？剩下些什麼？

興的興，亡的亡，各自有其因果。百姓無辜呵；興也罷、亡也罷，受苦受罪的，卻是百姓呵！

欲將輕騎逐，大雪滿弓刀。

月黑雁飛高，單于夜遁逃。欲將輕騎逐，大雪滿弓刀。

——唐・盧綸　塞下曲其三

　　在整個中國歷史上，北方民族，一直是威脅中原安危的邊患，他們民族性的剽悍善戰，使中原大多只能採取守勢。只有出現雄才大略的君王，又有韜略過人的大將為輔翼時，才能揚威漠北，立碑紀功。

　　《塞下曲》，是「組曲」形式的邊塞詩。這一首詩，寫驍勇善戰的將軍，把敵人打得招架不住。單于趁月黑風高時，帶領部屬，連夜逃遁。而將軍帶著輕騎兵，一路追趕，直追到大雪紛飛的極北苦寒之地。

　　這一系列詩，充分表現了尚武精神，一洗以「苦」為主題，帶反戰色彩的「行役之詩」。想來，這也與當時的政風與國力有關。

雞聲茅店月，人跡板橋霜。

晨起動征鐸，客行悲故鄉。雞聲茅店月，人跡板橋霜。
槲葉落山路，枳花明驛牆。因思杜陵夢，鳧雁滿回塘。

——唐‧溫庭筠　商山早行

　　行旅客商，有一句名言：「未晚先投宿，雞鳴早看天。」寧可早起，早點趕路，不要在天快晚的時候，因貪趕路，錯過宿頭。因為，早起，即便天未大亮，是往亮裡走，安全無虞。傍晚，卻是愈走天愈黑，找不到地方投宿，就可能發生意外危險了。

　　在偏僻地方的小茅店裡投宿，清早，月亮還掛在天下，雞就叫了。靜寂的世界，就開始有了響動和活力。木橋上還鋪著清霜，早起趕路的人，已在上面印下了足跡。寫得既寫實又生動，終成傳誦著千古的名句。

曾批給露支風勅，累奏留雲借月章。

我是清都山水郎，天教懶慢帶疏狂；曾批給露支風勅，累奏留
雲借月章。

詩萬首，醉千場，幾曾著眼向侯王。玉樓金闕慵歸去，且插梅
花住洛陽。

——宋・朱敦儒　鷓鴣天

　　朱敦儒，是一位率真質樸，雖是布衣，卻孚朝野之望的
高潔之士。為人非常灑脫而爛漫，詞風也近於白描。

　　他在詞中，自稱是天上主管山水的官。為了讓人間的山
水生色，所以常下令降些露水，吹陣好風。又為了雲常遮沒
月光，煞風景。而上奏天庭，要求把雲留住，放月光出來。

　　從這種奇想，可知他的性情。而下片更顯出他疏放的
一面；喝喝酒，作作詩，管你什麼王爺侯爺，也懶得正眼去
瞧！乾脆，天上也不想回，官也不想做了。只想插著梅花，
住在洛陽，遊戲人間！

莫愁前路無知己，天下誰人不識君？

千里黃雲白日曛，北風吹雁雪紛紛。莫愁前路無知己，天下誰
人不識君！

——唐・高適　別董大

　　董大，是高適的朋友。即將離開自己熟悉的環境、週
遭的朋友，走向陌生的地方，陌生的人群，面對的是「未
知」。在這種情況下，能不心中存著惶恐，不安，甚至憂懼
嗎？尤其，又是在北風呼嘯，大雪紛飛的季節，心頭更是一
片淒寒無助。

　　高適沒有如一般「送行」詩那樣表現依依之情。卻帶著
安慰激勵，告訴董大：他的才華人品，名滿天下，到處有人
敬慕，競相結識。又何必擔心離開了我們這些舊交，就沒有
知己朋友了呢？

此地別燕丹，壯士髮衝冠。

此地別燕丹，壯士髮衝冠。昔時人已沒，今日水猶寒。

——唐，駱賓王　易水送別

易水，是當年，荊軻入秦行刺時，燕太子丹和他的朋友們，為他送別的地方。

當時，大家心中都知道：荊軻這一去，不管是否能達成刺秦王的目的，都不可能再回來了。他在這種悲壯、義無反顧的心境下，慷慨激越，唱出了「風蕭蕭兮易水寒，壯士一去兮不復還」的悲歌。「髮盡上指」，更道出了當時荊軻鬱勃激烈的心情。

時光，是無情的。很快就把這一段故事，送入了歷史中。但，當駱賓王在易水邊給朋友送行的時候，那悲壯的一頁，又如在目前。壯士，真的一去不返了。只有易水，依舊淒寒，訴說著當年烈士英風。

山圍故國週遭在，潮打空城寂寞回。

山圍故國週遭在，潮打空城寂寞回。淮水東邊舊時月，夜深還
過女牆來。

——唐，劉禹錫　石頭城

　　石頭城，在南京之西，是當年東吳為防守江北兵馬南
侵，而興築的城堡工事。在六朝的時代，也曾興盛一時。六
朝沒落，整個政經中心，集中北方。石頭城就完全失去了它
曾有的重要性；當然，也失去了它曾有的繁榮。

　　來到已沒落，只剩下荒廢城牆堡壘的石頭城下，激起了
詩人不勝滄桑的悲慨；龍蟠虎踞的山勢依舊圍護著這曾為六
朝的要塞。可是，昔日的繁華呢？只剩下江潮，一波波的拍
擊著荒涼的城壘，又寂寞無言的退下……

欲渡黃河冰塞川，將登太行雪暗天。

金樽清酒斗十千，玉盤珍饈值萬錢。停杯投箸不能食，拔劍四顧心茫然。欲渡黃河冰塞川，將登太行雪暗天。閒來垂釣碧溪上，忽復乘舟夢日邊。行路難！行路難！多歧路，今安在？長風破浪會有時，直挂雲帆濟滄海。

——唐·李白　行路難其一

　　李白，是一位才氣縱橫，豪情萬丈，不拘小節的詩人。總以為，憑著一腔熱血，便可縱橫天下；一顆赤心，便可經國濟世。到嘗受了宦海風波，世態炎涼之後，才發現，自己多麼一廂情願，幼稚天真！才發現，世界的道路，固然崎嶇，人生的道路，更是坎坷險惡，怎不油生「行路難」之嘆？

　　他用渡黃河，和登太行為喻：想要渡過黃河，怎奈天寒水凍，滿川流冰壅塞，舟楫難渡；想要登上太行，又彤雲低壓，滿天風雪，迷失了道路。雖然仍不放棄「長風破浪」的願望，這願望，又等何時，才能達成呢？

雨笠煙蓑歸去也，與人無愛亦無嗔。

禪心一任蛾眉妒，佛說原來怨是親；雨笠煙蓑歸去也，與人無愛亦無嗔。

——民國・蘇曼殊　寄調箏人

　　所謂「恩怨情仇」，許多人世的紛擾，都不是那麼單純的。愛可以生怨，情可以生恨，這一種糾葛牽縈，才是人生最複雜的課題。不但沒有答案，也沒有解決之道。

　　蘇曼殊，是詩僧也是情僧，悲劇身世，悲劇性格。雖然自幼逃禪入道，情絲仍一世糾纏著他，無所逃遁。

　　佛家說，一切的愁怨嗔癡，都因情而生。因此，才主張四大皆空，削去三千煩惱絲，斬斷情根愛苗。蘇曼殊也嚮往無愛亦無嗔的境界，而希望能一蓑一笠，無所牽絆的歸向空靈世界。可是，天生情種的他，也是說得到，做不到。故而一生都在現實與理想，情緣與佛緣，蛾眉與禪心中痛苦掙扎；若他做得到，又那能留下那麼多纏綿悱惻，哀感頑艷的詩文，供後人低吟詠嘆呢？

山中無曆日，寒盡不知年。

偶來松樹下，高枕石頭眠。山中無曆日，寒盡不知年。

—唐・太上隱者　答人

　　現代，很多人都有一本日誌，上面每一天、每一時，都詳細列出，讓人安排規劃一天的行止。忙碌的人，往往日程安排得密密麻麻，幾乎沒有喘息的空檔。每日，按日程表疲於奔命，人，根本就成了日誌的奴隸。

　　也是一種庸人自擾，作繭自縛吧？人類規劃了年、月、日、分、秒，還有節慶、時令，讓人依循著時間來生活。慢慢，成了慣例，習慣的照章行事。無形中失落的，是「自由」；在社會規範中，行規步矩。

　　也只有脫離紅塵，才可能返璞歸真，自時間的束縛中解脫。歲時年月，不復有意義，但知寒暑往復而已。這一份超脫與自由，豈是現代受日誌束縛的人，所能想像！

行人刁斗風沙暗，公主琵琶哀怨多。

白日登山望烽火，黃昏飲馬傍交河；行人刁斗風沙暗，公主琵
琶哀怨多。野雲萬里無城郭，雨雪紛紛連大漠。胡雁哀鳴夜夜
飛，胡兒眼淚雙雙落。聞道玉門猶被遮，應將性命逐輕車。年
年戰骨埋荒外，空見葡萄入漢家。

——唐・李頎　古從軍行

　　現代人，想到出塞和番，想到琵琶怨，總是想到王昭
君。其實，漢朝初期，國力不強，北方胡人窺邊，無力抵
禦，一貫的採取納幣和親的政策，以求維持和平的局面。王
昭君，是較特殊的一位，以後宮良家子出塞和親。而事實
上，她之前就有，之後也有；有不少是派諸侯親王的女兒，
以「公主」的身份下嫁。「烏孫公主」是江都王建之女，
名叫細君，漢武帝把她嫁給烏孫王。長安到烏孫國，路途遙
遠，令琵琶馬上作樂，以慰道路之思。這一段歷程，就想當
然耳的轉嫁到王昭君的故事中了。

　　從軍的人，在昏暗的風沙中，擊著刁斗前進。當不難明
瞭，為什麼和親的公主，馬上琵琶，如此哀怨了。

一字無題處，落葉都愁！

記玉關踏雪事清游，寒氣脆貂裘。傍枯林古道，長河飲馬，此意悠悠。短夢依然江表，老淚灑西州。一字無題處，落葉都愁。

載取白雲歸去，問誰留楚佩，弄影中洲。折蘆花贈遠，零落一身秋。向尋常、野橋流水，待招來，不是舊沙鷗。空懷感，有斜陽處，卻怕登樓。

——宋·張炎　八聲甘州

　　作這闋詞的時候，張炎四十五歲，宋朝已亡，元朝正盛。他先世是北方人，生於南宋末年，對北方，自有一份嚮往。得以北遊，卻在南宋亡國後。這一種心情的痛切，感慨的深沉，更非一般人可比。

　　終於能「飲馬長城」了，他心中卻有說不出的蒼涼；以前，嚮往著祖先的故鄉；他甚至自號「西秦玉田生」。如今，亡國之痛，使他對生長的地方——江南，眷戀更深。在這種矛盾的情結下，滿腹心事，難以言宣，一個字也寫不出來；縱然能寫，又題向何處？滿林的枯葉，都淒怨不勝，又那能載負得起他的愁緒？

昔我往矣，楊柳依依，今我來思，雨雪霏霏。

采薇采薇，薇亦作止，曰歸曰歸，歲亦莫止，

靡室靡家，玁狁之故，不遑啟居，玁狁之故，

昔我往矣，楊柳依依，今我來思，雨雪霏霏。

行道遲遲，載渴載飢，我心傷悲，莫知我哀。（節錄）

——詩經·小雅　采薇

　　經過了長時間的征戰，征夫不斷的轉戰南北，沒有固定駐守之地；這比守邊更艱危而痛苦；在輾轉中，家中的音信斷絕，彼此都成了無法落實的牽掛。

　　到了年終歲暮，格外思家。思家又奈何？敵人頑強，歸家，成了只敢埋在心中的遙夢。

　　終於可以回家了！想到出征的時候，正是楊柳裊娜低垂的芳春。如今，是下著大雪的隆冬。多少艱辛的日子熬過，終於可以回家了，征夫卻忍不住悲從中來……

孤舟蓑笠翁，獨釣寒江雪。

千山鳥飛絕，萬徑人蹤滅，孤舟蓑笠翁，獨釣寒江雪。

——唐‧柳宗元　江雪

　　在極度酷寒的冬日，到處一片冰天雪地。周遭層層疊疊的群山萬壑，連飛鳥也沒了蹤跡。縱橫交錯的道路上，也早已失去了車來馬往的熱鬧，連個人影也看不見；這樣的酷寒之際，還有誰往外跑呢？有！江中的一葉孤伶伶的小舟上，坐著一個披蓑戴笠的老漁翁，正默默獨自一人，在白茫茫的雪景中垂釣。

　　一首好詩，一幅好畫；明末的名將孫承宗，卻認為詩人、畫家，根本只站在唯美而不切實際的角度上，以為釣雪是風雅之事。而不知漁家冬日釣魚催舟的苦況，為漁人抱不平，寫了反諷的《漁家》詩：

　　「呵凍提篙手未蘇，滿船涼月雪模糊。畫家不解漁家苦，好作寒江釣雪圖。」

　　兩首詩，一正一反，並讀，可提供更深的思致。

長記曾攜手處，千樹壓、西湖寒碧。

舊時月色，算幾番照我，梅邊吹笛。喚起玉人，不管清寒
與攀摘，何遜而今漸老，都忘卻、春風詞筆。但怪得竹外
疏花，香冷入瑤席。

江國，正寂寂，嘆寄與路遙，夜雪初積。翠尊易泣，紅萼
無言耿相憶。長記曾攜手處，千樹壓、西湖寒碧。又片
片、吹盡也，幾時見得。

——宋·姜夔　暗香

　　自林和靖「暗香」、「疏影」一聯傳誦，成為膾炙人
口的名句，詩人爭詠梅花，以為寄託。姜夔更以「暗香」、
「疏影」為詞牌度曲，成為詠梅另一絕唱。

　　怎忘得了呢？與伊人攜手至西湖賞梅，正值梅花盛放，
千百株的梅樹，吐著千千萬萬的花朵，層層疊疊，像一座雲
霞積成的梅山。梅山的倒影，壓在澄澈的湖面上，把寒冽的
碧波，渲染成一片雲霞鋪砌的梅海。伴著知心的愛侶，徜徉
在梅山梅海間，人生至此，夫復何求？

想佩環、月夜歸來，化作此幽獨。

苔枝綴玉，有翠禽小小，枝上同宿。客裡相逢，籬角黃昏，無言自倚修竹。昭君不慣胡沙遠，但暗憶、江南江北。想佩環、月夜歸來，化作此花幽獨。

猶記深宮舊事，那人正睡裡，飛近蛾綠。莫似春風，不管盈盈，早與安排金屋。還教一片隨波去，又卻怨、玉龍哀曲。等恁時、重覓幽香，已入小窗橫幅。

——宋・姜夔　疏影

　　梅花的高雅、清幽、美麗、絕俗，都是世人公認的。它那帶著無限幽怨的冷傲、孤絕，似乎像遺世獨立的美人脈脈含愁……

　　想必是漢宮中那出塞和親的絕世佳人王昭君，過不慣荒寒沙漠中，與漢宮迥異的日子，總暗自思憶著大江南北的水暖山溫。直到含恨而歿，一縷芳魂，仍不禁依依，在月夜乘月南歸，寄託在梅花上。藉著梅花，訴說她不為人解的幽怨與孤獨。

晚來天欲雪，能一杯無？

綠螘新醅酒，紅泥小火爐，晚來天欲雪，能飲一杯無？

——唐·白居易　問劉十九

在嚴寒的冬天，釀雪彤雲低壓如鉛。人的日常生活，似乎都因而受到了相當的限制。試想，身裹臃腫的禦寒衣物，行動僵硬不便，還能做什麼？

卻也因此，生活中有了悠閒暇豫。圍爐清談，何等愜意！

這是一封邀飲的小柬，寥寥二十個字，卻寫出了冬日的情趣：新釀的酒，浮著淡綠的酒沫。小小的紅泥火爐，正散著融融暖意，在這釀雪的黃昏，過來共飲一杯如何？

無慾自然心似水，有營何止事如毛。

中夜清寒入薀袍，一杯山茗當香醪；鳥飛竹影霜初下，人立梅花月正高。無慾自然心似水，有營何止事如毛。春來擬約蕭閒伴，重上天臺看海濤。

──宋·趙師秀　呈蔣薛二友

　　古人有云：「無慾則剛」。一個人，無所貪求，自然剛直公正，不受人無理的屈辱左右。不僅如此，一個人淡泊名利，自然心止如水，能保持澄澈清明，不因利慾的蒙蔽而偏頗。在心境上，也因自省無愧，而寧靜安詳。

　　相反的，一個人如有所營求，便要為營求的事而奔忙。深恐得罪人，而不能不委曲求全；到處鑽營打點，往往，這又形成別人可滋利用的弱點，平白生出無數的麻煩來。終日汲汲營營，誠惶誠恐，忙得不可開交。使自己不知不覺間，成為功名利祿的奴隸。因因果果，糾絲絆葛，多如牛毛，一生再無安寧之日，卻是何苦？

寒夜客來茶當酒

寒夜客來茶當酒，竹爐湯沸火初紅。尋常一樣窗前月，纔有梅花便不同。

——宋·杜耒　寒夜

　　在寒冷的夜晚，正自寂寞無聊，忽然有朋友來了，這是多讓人驚喜歡悅的事！能在寒夜中造訪，交情自非泛泛，無酒招待，茶，亦可代酒；既是至交，當然不會介意。而茶雖沒有酒的香醇，因著兩人交誼的歡悅之情，也香醇如酒一般宜人了。

　　在竹爐上煮開水泡茶，紅色的火焰，映照著臉，溫暖了心。茶香四溢，對坐窗下，窗外有月，月照著梅花的橫斜疏影，格外清幽可喜。有了朋友來訪，有了爐火香茶，有了窗前梅花，一樣的月夜，在感覺上，便異於尋常時日，而特別可珍可愛了。

老來睡味甜於蜜，爛嚼梅花是夢痕。

水竹依稀濠上圍，蒼煙五畝絕塵喧；半牀落葉書連屋，一雨漂花船到門。

寒事早，戀清尊，狸奴長伴夜氈溫。老來睡味甜於蜜，爛嚼梅花是夢痕。

——清・鄭文焯　鷓鴣天

　　一個人，盡了人生的本份後，有權利為自己安排一個安適的晚年；所謂安適，不僅是衣食上的豐足無缺，更是心境上的安閒怡悅。

　　鄭文焯晚年為自己置了一座臨水的園林，頗富景致之美，更清幽絕俗。

　　天冷的日子，喝兩杯酒，帶著微醺上床，還有家中的貓，偎在他被窩中給他作伴。老年人，能安睡，滋味最是甜美不過了。在夢中，都感覺，如同爛嚼梅花一般，餘香滿口，回味無窮呢！

零落成泥輾作塵，只有香如故。

驛外斷橋邊，寂寞開無主。已是黃昏獨自愁，更著風和雨。

無意苦爭春，一任群芳妒。零落成泥輾作塵，只有香如故。

──宋・陸游　卜算子

　　一個人的人格、節操、風骨，是否真的高潔，在順境之中，作不得準。因為，這是沒有經過考驗的，一般人都做得到。

　　若是面臨了生命的威脅，權勢的利誘，嚴酷的各種考驗，仍不改初衷，堅持原則與信仰，那才稱得上是真正的高潔君子。

　　陸游就以梅花為喻，來表達自我的期許；花謝了、落了，被車輪馬蹄踐踏成泥塵了，也仍是執著的秉持著初衷，在空氣中，飄著它特有的清香，久久不散。

悄立市橋人不識，一星如月看多時。

千家笑語漏遲遲，憂患潛從物外知。悄立市橋人不識，一星如月看多時。

——清·黃景仁　癸巳除夕偶成

　　歲暮，是有家的人，忙碌歡樂，熱熱鬧鬧準備團圓過年的那候，也是異鄉的遊子，寂寞感傷，淒淒清清獨自黯然思鄉的時候。

　　經過的每一家，都透出曖曖的燈光，和欣欣的笑語。針一般的刺著耳膜，扎著心房，濃重的憂鬱，圍繞在身邊驅之不去。

　　百無聊賴，又愁思難遣，詩人獨自默然凝立在人來人往的市橋上。這城市，對他是這樣的寒冷而陌生，沒有人認識他，也沒有人關懷理會。

　　天上沒有月亮，天際，懸著一顆孤寒的大星，孤星如月，他寂然凝視著，久久，久久……

萬里乾坤清絕處，付與漁翁釣叟。

挽住風前柳，問鷗夷，當日扁舟，近曾來否？月落潮生無限事，零亂茶煙未久。謾留得、尊鑪依舊，可是從來功名誤，撫荒祠，誰繼風流後。今古恨，一搔首。

江涵雁影梅花瘦，四無塵，雪飛風起，夜窗如畫。萬里乾坤清絕處，付與漁翁釣叟。恰又是、題詩時候。猛拍闌干呼鷗鷺，道他年、我亦垂綸手。飛過我，共樽酒。

——宋·盧祖皋　賀新郎

　　吳江，有一座「三高祠」，祭祀的是三位不慕名利，回歸自然的三位高士：范蠡、張翰、陸龜蒙。縣尉彭法，是位風雅之士，在三高祠附近，建立了座「釣雪亭」，點綴詩境。

　　在釣雪亭上，緬懷三位高士的生平事蹟。他們都是急流勇退，自宦海歸於江湖的智者。置身在一片皓白瑩潔的雪景中，了悟：這世界上，還是有乾淨土的。只是，人若不能自功名利祿中超脫，就只有永遠浮沉在萬丈紅塵中。乾淨土，只為心中不染半點塵埃的漁翁釣叟而存在！心上蒙著利祿塵俗，想尋淨土，真是緣木求魚呀！

紛紛暮雪下轅門，風掣紅旗凍不翻。

北風捲地百草折，胡天八月即飛雪。忽如一夜春風來，千樹萬
樹梨花開。散入珠簾濕羅幕，狐裘不暖錦衾薄。將軍角弓不得
控，都護鐵衣冷猶著。瀚海闌干百丈冰，愁雲慘澹萬里凝。中
軍置酒飲歸客，胡琴琵琶與羌笛。紛紛暮雪下轅門，風掣紅旗
凍不翻。輪臺東門送君去，去時雪滿天山路。山迴路轉不見
君，雪上空留馬行處。

——唐‧岑參　白雪歌送武判官歸京

　　塞外冷，是人人都知道的。但，到底什麼時候開始冷
起，又冷到什麼地步？那，只有嘗過滋味的人才知道！

　　岑參，是唐代著名的「邊塞詩人」之一。對於戍守邊
關的苦況，和塞外的苦寒，都出於切身感受。寫來也特別深
刻，不是一般虛擬想像可比。

　　若不是他寫出「胡天八月即飛雪」的詩句，我們怎能想
像呢？「忽如一夜春風來，千樹萬樹梨花開」，那白茫茫的
「花海」，是雪花砌成的呀！

　　天氣酷寒，寒到什麼程度？黃昏下了一陣雪，把軍營外
插的旗幟，都凍成了冰板，寒勁的北風都吹不動了！若不是
親見，那寫得出來？

魑魅搏人應見慣，總輸他、覆雨翻雲手。

季子平安否？便歸來，平生萬事，那堪回首。行路悠悠誰慰
藉，母老家貧子幼。記不起從前杯酒。魑魅搏人應見慣，總輸
他、覆雨翻雲手。冰與雪，周旋久。

淚痕莫滴牛衣透。數天涯，依然骨肉，幾家能彀。比似紅顏多
命薄，更不如今還有。只絕塞苦寒難受。廿載包胥承一諾，盼
烏頭馬角終相救。置此札，兄懷袖。

——清·顧貞觀　金縷曲

　　這世界上，總有一些人，是見不得別人好的。對有才
華、有志節的人，總懷著惡意，千方百計的陷害中傷，看到
別人受苦受難，才心滿意足。他們怎算是人呢？他們是披著
人皮的惡鬼，專門欺壓、迫害、打擊人的。他們沒有原則，
不知誠信，也不知羞恥。一天到晚覆雨翻雲，挑撥是非，製
造紛爭。可嘆的是，這樣的人，比比皆是。正人君子，永遠
敵不過他們的詭計多端，和無所不用其極的手段。這樣的
人，見多了，也只有見怪不怪了。

　　這一闋《金縷曲》，是顧貞觀為冤枉涉入考場弊案，而
流放寧古塔的朋友吳兆騫作的。語氣不免哀傷激憤，這也是
人之常情呵！

不記相逢曾解佩，甚多情、爲我香成陣。

雲臥衣裳冷，看蕭然，風前月下，水邊幽影。羅襪生塵凌波
去，湯沐煙波萬頃。愛一點嬌黃成暈。不記相逢曾解佩，甚多
情、為我香成陣。待和淚，收殘粉。

靈均千古懷沙恨。記當時，匆匆忘把，此仙題品。煙雨淒迷僝
僽損，翠袂搖搖誰整。謾寫入瑤琴幽憤。絃斷招魂無人賦，但
金杯的皪銀臺潤。愁殢酒，又獨醒。

——宋・辛棄疾　賀新郎

　　在冬天裡，能冒寒而開，又清艷絕倫的花卉，首推梅花
與水仙。這兩種花，一剛一柔，堪稱雪中雙艷。

　　在傳說中，有一士子，名鄭交甫，曾在漢水之濱，遇
見兩位容色絕艷的女子，佩著雞蛋大的珍珠。交甫向她們索
取，她們立時解下珠珮，送給交甫。交甫接到手中，回頭已
失二女芳蹤，再一看，珮也不見了。方知所遇的是漢水的水
仙。

　　不曾有幸與水仙邂逅，以珮相贈。卻驚喜的在水邊，聞
到一陣陣清香，來自那一叢月下搖曳的多情水仙……

疏影橫斜水清淺，暗香浮動月黃昏。

眾芳搖落獨鮮妍，佔斷風情向小園。疏影橫斜水清淺，暗香浮動月黃昏。霜禽欲下先偷眼，粉蝶如知合斷魂。幸有微吟可相狎，不須檀板共金尊。

——宋·林逋　梅花

　　林逋，是北宋時的高士，隱居於西湖孤山。他非常愛梅花和仙鶴。一生未娶，自云「梅妻鶴子」。以梅、鶴的高潔絕俗，也可以想見其人風致。

　　他的梅花詩，也被推為千古絕唱，尤其這兩句：

　　梅花橫斜的疏枝，映在清清淺淺的水中，臨妝照影；幽淡的香氣，在黃昏月色中飄浮……

　　他沒有寫梅花的花容，卻寫出了梅花清絕幽絕的神韻。有愛唱反調的人說：這兩句，用以容桃花杏花，還不是可以！蘇東坡答得好：

　　「只恐桃杏不敢當！」

故鄉今夜思千里，霜鬢明朝又一年。

旅館寒燈獨不眠，客心何事轉悽然。故鄉今夜思千里，霜鬢明朝又一年。

—唐・高適　除夜

　　過年了，家家戶戶慶團圓的大年除夕，總有些飄泊在外的人，只能守在旅館的寒燈之下，形單影隻，黯然神傷的熬過這漫長的除夕夜。笑語聲，鞭炮聲，對他，幾乎都是一種殘忍。他因之更難入睡，也更淒然欲絕的思念故鄉，和家中的親人。

　　故鄉呵！遙隔在千里之外。除了靠思念的翅膀，更如何越過萬水千山。

　　明天，就又是新一年開始，除了頭上新添的幾莖白髮，他，沒有任何新的事物，可迎接新年。

國家圖書館出版品預行編目資料

漫漫古典情【典藏新版】／樸月著 . ──三版 ── 臺中市
：好讀 , 2018.02

冊； 公分，──（經典智慧；01）

ISBN 978-986-178-449-6（平裝）

831 107000147

好讀出版

經典智慧 01

漫漫古典情【典藏新版】

作　　者／樸月
總 編 輯／鄧茵茵
文字編輯／莊銘桓
美術編輯／鄭年亨
行銷企畫／劉恩綺
發行所／好讀出版有限公司
　　　　台中市 407 西屯區工業 30 路 1 號
　　　　台中市 407 西屯區大有街 13 號（編輯部）
TEL:04-23157795 FAX:04-23144188 http://howdo.morningstar.com.tw
(如對本書編輯或內容有意見，請來電或上網告訴我們)
法律顧問／陳思成律師

總經銷／知己圖書股份有限公司
　　　　106 台北市大安區辛亥路一段 30 號 9 樓
　　　　TEL：02-23672044 ／ 23672047　FAX：02-23635741
　　　　407 台中市西屯區工業 30 路 1 號 1 樓
　　　　TEL：04-23595819　FAX：04-23595493
　　　　E-mail：service@morningstar.com.tw
　　　　網路書店 http://www.morningstar.com.tw
讀者專線：04-23595819 # 230
郵政劃撥：15060393（知己圖書股份有限公司）
印刷 ／ 承毅印刷股份有限公司

三版／西元 2018 年 2 月 1 日
定價／ 280 元
如有破損或裝訂錯誤，請寄回臺中市 407 西屯區工業 30 路 1 號更換（好讀倉儲部收）

Published by How-Do Publishing Co., Ltd.
2018 Printed in Taiwan
All rights reserved.
ISBN 978-986-178-449-6

讀者回函

只要寄回本回函，就能不定時收到晨星出版集團最新電子報及相關優惠活動訊息，並有機會參加抽獎，獲得贈書。因此有電子信箱的讀者，千萬別吝於寫上你的信箱地址

書名：漫漫古典情【典藏新版】

姓名：＿＿＿＿＿＿＿ 性別：□男 □女 生日：＿＿年＿＿月＿＿日

教育程度：＿＿＿＿＿＿＿＿＿＿

職業：□學生 □教師 □一般職員 □企業主管

　　　□家庭主婦 □自由業 □醫護 □軍警 □其他＿＿＿＿＿＿＿

電子郵件信箱（e-mail）：＿＿＿＿＿＿＿＿ 電話：＿＿＿＿＿

聯絡地址：□□□＿＿＿＿＿＿＿＿＿＿＿＿＿＿

你怎麼發現這本書的？

□書店 □網路書店（哪一個？）＿＿＿＿＿＿ □朋友推薦 □學校選書
□報章雜誌報導 □其他＿＿＿＿＿＿＿＿＿＿＿＿

買這本書的原因是：＿＿＿＿＿＿＿＿＿＿＿＿＿＿

□內容題材深得我心 □價格便宜 □封面與內頁設計很優 □其他＿＿＿＿

你對這本書還有其他意見嗎？請通通告訴我們：

＿＿＿＿＿＿＿＿＿＿＿＿＿＿＿＿＿＿＿＿＿＿

你希望能如何得到更多好讀的出版訊息？

□常寄電子報 □網站常常更新 □常在報章雜誌上看到好讀新書消息
□我有更棒的想法

是否能與我們分享您嗜好閱讀的類型呢？

□文學／小說 □社科／史哲 □健康／醫療 □科普 □自然 □寵物 □旅遊 □生活／娛樂

□心理／勵志 □宗教／命理 □設計／生活雜藝 □財經／商管 □語言／學習 □親子／童書 □圖文／插畫 □兩性／情慾 □其他

我們確實接收到你對好讀的心意了，再次感謝你抽空填寫這份回函，請有空時上網或來信與我們交換意見，好讀出版有限公司編輯部同仁感謝你！

好讀的部落格：http://howdo.morningstar.com.tw/

好讀的粉絲團：https://www.facebook.com/howdobooks

填寫本回函，代表您接受好讀出版及相關企業，不定期提供給您相關出版及活動資訊，謝謝您！

購買好讀出版書籍的方法：

一、先請你上晨星網路書店 http://www.morningstar.com.tw 檢索書目
　　或直接在網上購買

二、以郵政劃撥購書：帳號 15060393　戶名：知己圖書股份有限公司
　　並在通信欄中註明你想買的書名與數量

三、大量訂購者可直接以客服專線洽詢，有專人爲您服務：
　　客服專線：04-23595819 轉 230　傳眞：04-23597123

四、客服信箱：service@morningstar.com.tw